诺贝尔文学奖 Nobel laureates in Literature 作品精选 插图版

一个园丁的四季

〔捷克〕卡雷尔·恰佩克／著
王晓敏／编译

海豚出版社
DOLPHIN BOOKS
CICG 中国国际传播集团

图书在版编目（CIP）数据

一个园丁的四季 / （捷克）卡雷尔·恰佩克著 ；王晓敏编译. -- 北京 ：海豚出版社，2025. 6. --（诺贝尔文学奖作品精选）. -- ISBN 978-7-5110-7333-4

Ⅰ. I524.86

中国国家版本馆 CIP 数据核字第 2025ZT3474 号

一个园丁的四季

（捷克）卡雷尔·恰佩克 **著** 王晓敏 **编译**

出 版 人 王　磊
责任编辑 熊　隽
文字编辑 台文娟
特约编辑 文　萍
封面设计 宋双成　蒋　飞
责任印制 蔡　丽
法律顾问 北京市君泽君律师事务所　马慧娟　刘爱珍
出　　版 海豚出版社
地　　址 北京市西城区百万庄大街24号
邮　　编 100037
电　　话 010-68325006（销售）　010-68996147（总编室）
印　　刷 天津泰宇印务有限公司
经　　销 全国新华书店及各大网络书店
开　　本 710 mm×1000 mm　1/16
印　　张 11
字　　数 125千
版　　次 2025年6月第1版　2025年6月第1次印刷
标准书号 ISBN 978-7-5110-7333-4
定　　价 39.80元

开篇语

本书由捷克作家卡雷尔·恰佩克所著。卡雷尔·恰佩克曾多次获诺贝尔文学奖提名，作品被译成多国语言。他自幼喜爱文艺，这让他对生活中的细微之处拥有了超乎常人的敏锐与感悟。他的作品往往能从平凡中挖掘出不平凡的意义，以细腻的情感和深刻的思想，触动每一位读者的心弦。在本书中，我们精心摘选编排了《一个园丁的四季》《小狗米达的那些事儿》《关于猫》《小狗达西卡的幸福生活》四部作品，这四部作品不仅展现了作者对大自然的崇敬、对生命的深刻理解，还透过动物与人的温情互动，展示了跨越物种的情谊与动物的智慧。

《一个园丁的四季》里作者以园丁的身份，讲述了一年四季中，植物从播种到收获的完整过程，展现了园丁从满怀期待到希望落地的心路历程。对于园丁来说，明天永远是崭新的，它承载着美好与期待，代表着变化与新生。人们对美好事物的憧憬与园丁是一样的：悉心栽培的玫瑰终于绽放，便渴望以后的每一年都能见证这绚烂时刻；目睹树苗破土而出，心中便绘就了它未来高耸入云的壮阔图景；一株桦树孤独矗立，便遐想出桦树成林的茂盛景致……

但仅仅止步于想象是无用的，只有付出坚持和努力，才能收获最美丽的花朵。书中的园丁就是一个例子，他提醒着我们，如果只是想象种子开花结果，却始终不采取实际行动，那么无论如何都不会看到花开的样子。行动才是关键，你必须投身实践，勤勉研究，而不是停留在想象中虚度时光。在书中，作者详细地描写了从挑选土壤、平整土地、灌溉、修剪到清理等一系列培育草坪的烦琐过程，并写道："只要你日复一日坚持如此，三百多年之后，你花园里的草坪就是一块十全十美的英国草坪了！"强调了脚踏实地的重要性，如果不付出行动，那么那片美丽的草坪永远只能是停留在脑海里的幻影。

在《一个园丁的四季》中，时间是最严苛的雕刻师，也是最公正的见证者。它让四季轮回，让生命消逝又重生，同时也让那些付出的努力、倾注的情感、坚持的理想，化作了不朽的记忆与成就。正如园丁守候春天的到来，我们也需在人生的四季中，以坚韧与希望，守望自己的花开时节。

《小狗米达的那些事儿》《关于猫》《小狗达西卡的幸福生活》，为我们展现出作者的无限柔情。《小狗米达的那些事儿》讲述了小狗米达生活中的一系列充满温情与乐趣的成长故事，让读者感受到宠物带来的快乐，体会到责任、友谊、勇气以及爱的力量。在《关于猫》中，作者则从猫的视角，探讨了关于生命、死亡与永恒的主题，以此引发读者对生命意义的深刻思考；在《小狗达西卡的幸福生活》中，作者以细腻入微的笔触，为我们记录了达西卡自诞生那一刻起的成长经历，让我们从微小的细节中感受到他对动物的关怀。

在恰佩克的笔下，每个角色都是鲜活生动的，它们不仅仅是故事的承载者，更是情感与思想的传递者。他以园丁为例，让我们明白，无论是打理花园还是塑造人生，都需要脚踏实地的努力与持续的热情。他也通过对动物们的细致描写，展示了超越物种界限的情感，告诉我们，爱与被爱、成长与学习，是所有生命体的权利与责任。园丁、小狗、小猫，让我们看到了何为生活、何为爱。这是一本让人成长的经典读物，也是恰佩克对世界的深情告白。阅读本书，每一位读者都将收获属于自己的感悟，无论是对自然的敬畏，对生命的思考，还是对爱的理解，都将伴随我们走过人生中的四季，让我们心中的花园永不凋零。

目录 Contents

第一部分 一个园丁的四季

第一章·盖一座小花园

第一座小花园

如果你想要一座漂亮的小花园，首先，你需要找到一位聪明勤劳的园丁来帮助你。

园丁带来了一些不起眼的材料——板条、扫帚木柄和处理过的枝条，这些东西有什么用呢？实际上，这些都是园艺工作中必不可少的东西。要想种植枫树、山楂、丁香、灌木、矮树丛，我们就需要用这些东西来支撑植物。

建造花园的第一步是处理土壤。园丁会翻整花园，将土壤处理得平整漂亮，然后用鹅卵石铺出一条供人行走的小路，还会用植物装饰这条小路。只不过，现在的鹅卵石小路依旧光秃秃的——刚插下的常绿植物还仅仅是几根不起眼的树枝，而刚撒的黑麦草、狐尾草、狗尾草和猫尾草种子正在土壤里沉睡，耐心等待着发芽呢。

园丁的工作告一段落了，他收起他的工具，向你道别。临走前他嘱咐你，要想打理好这座小花园，就需要每天给花园中的每一寸土壤浇水，当小草发芽冒出地面后，还需要准备好铺路的沙砾。一段时间之后，眼前的这座黄土花园就会大变样。

浇水这项工作听起来并不难，只要有水管，你就能轻轻松松完成。可是，事实并非如此。湿漉漉的水管绝对不好控制，只要你有一点儿疏忽大意，它就会将水搞得四处都是，你的新窗户、新窗帘以及你脚下的泥地都会一起遭殃。还不止这些呢。有时候，水管会掉转头来对你发起攻击，它不愿意乖乖浇水，而是设法缠住你、绊倒你，当你和它纠缠搏斗的时候，一个不小心，就会被水浇透全身。当你终于逼迫它就范的时候，也许会发现水管上已经出现了裂缝，并开始用喷射细水柱的方式来表达抗议。现在，你又要请几个水管工来维修它了。

种在花园里的草籽都是精挑细选的，可是一段时间后，这些优良的草籽为什么会肆意疯长，变成丑陋的杂草呢？为什么和预想中的情况完全不同呢？这些问题我无法回答，我有时候觉得，我们完全可以改变思路，尝试直接种植杂草。

三周之后，这些杂草的生命力完全展现了出来。花园里到处都是杂草和藤蔓，即使你将土层挖开，仍会在地下发现它们的踪影。你不得不花费时间和精力，努力将所有杂草连根清除。这时候，杂草旺盛的生命力可就一点儿都不招人喜欢了。

在这段时间里，也许你会发现，先前打理好的鹅卵石小路也在闹脾气，碎石里不知掺进了什么东西变成了滑溜溜的黏土路，但经过之前的种种历练，你已经有足够的信心去面对并设法解决它了。

黏土路的问题稍后再说，现在，你还是需要集中精力清除杂草。

就在你汗流浃背、疲惫不堪的时候，你的眼睛无意间捕捉到了一丝绿意——那是一片崭新的小叶子，在光秃秃的黄土地上悄然出现！你心花怒放，忍不住大叫了起来。这片小叶子不仅预示着春天即将到来，还象征着一个光辉的未来。从此以后，你会将自己的全部精力奉献给这片花园，你会期待下雨，期待阳光，期待植物们能够在夜晚得到充分的休息，期待着你的花园可以早日变得缤纷多彩。

这天清晨，当你走进花园的时候，你会发现你的花园已经大不一样了。小草上挂着晶莹剔透的露珠，含苞待放的玫瑰花在阳光的照射下，泛着瑰丽的色彩；那些曾经枯瘦的树苗，如今已经变成粗壮高大的树木，树冠舒展开来投下一片清凉。那片光秃秃的黄土花园果然已经改头换面了，嫩芽和绿草摇身一变，成了茂盛的花花草草，黏土路带来的麻烦也被彻底解决。现在，你终于拥有一座初具雏形的小花园了。

不过，你依然不能放松。清除杂草、浇水施肥、挑拣土壤里的碎石，这些工作都是必不可少的。

如何成为一名园丁

要想成为一名优秀的园丁，不仅需要掌握多种多样的园艺知识，还需要拥有丰富的园艺经验。只知道如何种植、如何培育、如何修剪，是无法成为一名优秀的园丁的，你还必须在适当环境和自然条件的配合下，才能发挥出所掌握的知识和经验。

小的时候，我一点儿都不喜欢花园，也从没想过自己会成为一名好园丁。那时候，父亲对我的管束非常严格，他不允许我在他的宝贝花园里玩耍，不准我采花摘果，就好像他种出的果实是伊甸园里的智慧之果一样。而我的叛逆心理促使我故意摘下了没成熟的果子，最后，像亚当被逐出天堂一样，我也被我父亲从他的花园里赶了出去。

当一个不懂事的年轻人看到盛开的鲜花时，他的第一反应就是将它摘下来送给心上人，却不会想一想花儿在盛开之前经历过什么。一朵花的盛开需要经历播种、翻土、施肥、浇灌、修剪、移植、分枝、嫁接、除虫、清理杂草和枯叶等数不清的前期工作，最后盛开的花朵却被少男少女们如此轻易地摘了下来，实在是令人痛心。年轻人很难领会到园艺工作的乐趣，但是在将来的某一天，他们或许会真正认识到花草之美，他们或许会拥有一片属于自己的花圃，甚至会成为一名热爱园艺工作的业余园丁。

大多数情况下，人们都会雇用职业园丁来替他们建造花园，他们只想欣赏美丽的花花草草，而不愿意亲自动手。

可是，或许某一天，你会突发奇想，希望自己能够亲手种出一朵花来。你或许会被泥土弄得满手脏污，或许会被花刺扎伤，伤口或许还会发炎。但是，当你真正种出一朵花时，你一定会觉得这一切都是值得的，也一定会觉得园艺工作带来的享受无与伦比。当你看到邻居家那一簇簇剪秋罗时，你或许还会燃起好胜心："我的花圃绝不能输给这家伙！让我仔细想想我的花儿究竟为什么没开！"

从此以后，你就找到了园艺工作的乐趣，种植的成功与失败都不会影响你这份浓厚的兴趣。你的内心会滋生出一种渴望，那就是想要了解世界上形形色色的植物，并将它们一一引进自己的花园。以首字母的排名来看，不论是排名最前的无瓣蔷薇还是排名最末的蟹爪兰，你都希望它们能够出现在你的花园中。你会找到你最喜爱的植物，有可能是玫瑰花，有可能是大丽花，也有可能是其他令人着迷的美丽花儿。当你真正沉浸到这份快乐中时，没有什么能让你停下来。

那么，一名真正的园丁是什么样的呢？如果你见到他，他的第一句话一定会是："请来我家做客吧！请来看看我的花园吧！"

你碍于情面，接受邀请，决定前往他家做客。但是当你穿戴整齐，带着礼物站在他家门口时，你会发现你的朋友根本没有注意到你，他正埋着头，在花圃里忙活呢。

“请等一等！”他隔着花圃对你说道，“我的玫瑰花就快种好了！”

“但愿我没有影响你。”你温和地回答。

大半天过去了，他总算从花圃里直起身来，满头是汗，双手脏兮兮，却满面笑容：“请进！请你进来看看吧！我的花园是这样的——”话还没说完，他又俯身下去，清除了几棵碍眼的杂草，“看看吧，我的康乃馨长得很漂亮，它们……啊！这里的土还没有翻！”他一边说着，一边投入到挖土的工作中，你只好站在旁边耐心等待。十几分钟之后，他才结束了翻土工作，接着指向了旁边的一束风铃草：“你看！这束威尔逊风铃草可是精挑细选的品种，它——请等一等，我要先处理好这株飞燕草……”就在他费劲打理飞燕草的时候，你听到他嘟嘟囔囔地说：“……这株紫菀需要挪一挪，这里的生长环境不好……哦，对了，希望你可以看看我种的太阳花……”

看到他如此专注的模样，你终于意识到，或许今天并不是做客的好时候。你悄悄离开了花园，而你的朋友依然弯着腰在花园的植物之间忙碌。

等到下次见面，他依然会热情洋溢地说：“请来我家做客吧！我新培育的玫瑰花非常漂亮！我很想给你看看！”

你会不会接受这次邀请呢？无论如何，我们一起去看看园丁的一年四季究竟是怎样的吧！

第二章·园丁的早春

一　月

一月份难道就没有园艺工作吗？当然不是。如果你翻开《园艺手册》，就会发现书中明确写道：一名成熟的园丁会在一月份尽可能了解天气情况，为将来的园艺种植工作做好准备。

天气绝不是一个循规蹈矩的家伙，它任性极了：时而温度飙升，时而温度骤降；降水时随心所欲，想下多少就下多少；当它心血来潮想要增加空气湿度时，你晾在阳台上的衣物可能一连好几天都还是湿漉漉的；而它一旦决定降低湿度，那更是令人难以忍受，你会感到喉咙干涩、不适。

在日常生活中，天气变化都会给我们带来这么多烦恼，更不要说在园艺工作中了。园丁对天气有着更加苛刻的要求。下雪时，如果降雪太少，园丁会生气："这一点儿雪毫无用处！"如果降雪太多，他也会生气："真糟糕，积雪会压断我的针叶树和冬青树！"如果没有下雪呢？他会担忧："黑霜该怎样处理呢……"等到冬去春来，积雪融化的那一天，他又会愤愤不平："瞧瞧这风！这大风吹垮了我的花木，将我的花园吹得一团糟！"如果阳光太过充足，园丁也会头疼，因为这很容易使树木提早发芽，打乱园丁一年的计划；如果雨水太多，他会担心他的小花儿会不会被雨点打得抬不起头；可是如果不下雨，这些花儿又该如何得到滋润呢？

究竟什么样的情况，园丁才会感到满意呢？他们认为一月初到一月底，-0.9℃是最理想的温度，降雪量也应该不多不少，积雪维持在127毫米是最合适的，又轻又薄的新雪会受到园丁们的一致欢迎。多云天气是最合适的，没有阳光直射，也没有太大的风，一点点西南向的微风就足够了……如果真有这样一段时间的完美天气，那么所有的园丁都会喜笑颜开的。可是这样的情况很少出现，其他人无法理解园丁们的诉求。

没有这样的好天气也就算了，只要别降黑霜就好。降黑霜对园丁们来说是最糟糕的情况了，这时，地面被冻得硬邦邦的，甚至会出现龟裂，寒气深入骨髓，人都快被冻僵了，大家都不愿走出家门一步。可是园丁不能不出门，他还记挂着他花园里的各种植物：地底的树根会怎么样呢？在严寒下该如何顺利生长？那些刚刚吐芽的嫩枝，可挨不过这样的低温啊！还有那些脆弱的球茎植物，它们还只是去年秋天才"出生"的"小宝宝"啊。如果他有能力做些什么，他愿意毫不犹豫地脱下自己的外套，为冬青树遮风挡雨；他愿意脱下自己的长裤，把它套在松树的身上；为了杜鹃花，他可以舍弃自己的衬衫；为了金鸡菊，他愿意摘下头顶的帽子；而对波斯菊，他只能奉献出自己的袜子了。植物们能够体会到园丁的心情吗？我想它们一定是能感受到的。

我们并不是不能感知天气。例如，当我们找出最厚实的过冬衣物时，往往意味着最寒冷的时候快结束了；当我们呼朋引伴前往山里滑雪的时候，往往会发现冰雪消融的迹象；有时，人们会用文字描绘那些在冰面上嬉戏的孩童，然而，往往在这篇文章尚未完成之际，气温便已开始悄然回升。等到文章真正发表时，初春的脚步已经在不知不觉中到来了，春雨淅淅沥沥，万物竞发。也许，这正是新闻报道常常显得不合时宜的原因，所以，我们完全没有必要在报纸上浪费过多的时间。

另外，我想说的是，不必因为天气不佳而发泄情绪，因为天气情况完全不会因为你的气愤、苦恼、抱怨、嘟囔而发生变化，它一点儿都不在乎你会怎样议论它。

在一月份，能给我们的生活增添亮色的绿植就是温室中的花朵了。园丁们必须严格控制室内的温度和湿度，确保这些花儿可以顺利开放。这里有一个小秘诀：将你的窗户打开一条缝儿。适度通风可以确保室内的湿度合适，不会使花朵过分缺水，不必担心它们会畏惧这点儿寒冷，它们比你想象的更加坚强，瞧瞧冰花就知道了。所以说生长在穷人家的冰花往往比富人温室里的冰花更加茂盛，因为富人家的窗户关得太过严实。

植物学家提醒我们，不要将冰花的种类搞错了，它们不是花而是叶子。叶子的丰富程度并不亚于花朵，有时候，我们会看到一些形似雏菊、欧芹、根芹菜的叶子，还有形似菜蓟、朝鲜蓟的叶子，有些时候，我们还会看到形似爵床、伞形花的叶子呢。这些叶子的形状多种多样，有的像锯齿，有的像羽毛，有的像爪子，还有些叶子就更奇怪了，像尖刺、像蚕蛹、像管子、像音符、像雪球、像刷子……人们很容易将这些形形色色的叶子和棕榈、蕨类、杜松等植物的叶子搞混，但是我们要知道，不管什么叶子都是不会开花的。

再次翻开《园艺手册》，上面写着一月份应当做的工作：降霜之后，要尽可能地培育花园里的土壤。因为降霜的低温会使地面出现裂痕，更容易开展翻土工作。园丁从来没有清闲的时候，新年刚刚到来，他们就迫不及待地前往花园里工作了。

过了一个冬天，花园里的土简直硬得像金刚石，园丁用花铲奋力翻土，一不小心，花铲被撬断了。可这能阻止园丁的工作吗？绝对不能。于是，他又找到一把锄头，不过这次，他的动作小心多了。大多数园丁会用起子和锤子来对付这些坚硬的土壤，除了耐心挖掘，没有其他办法，要么就等天气逐渐回暖，那时，情况就好多了。

这不，气温一回升，园丁们就带着他们的工具冲进了花园里，他们的工作内容依然是翻土、松土。经过好几个小时的忙碌，园丁带着一脸疲惫和一身寒气回到了家里，虽然很累，可心情是相当愉快的。“春天就要来了！”园丁轻快地说，“接下来最重要的事情，就是做好准备，迎接春天！”

首先，你应当准备好用于盆栽的泥土，这份工作可以在地窖里完成，你只需要腐叶、泥土、肥料、牛粪、沙砾和一片干燥的空地，盆栽的土壤便可以轻松调配好。我很想做这份工作，可惜我的地窖已经被煤炭和杂物堆满了。

“或者，我们可以利用这段时间进行一些修缮工作，诸如修复拱门、小亭子之类的设施。”这个想法真棒，只可惜我花园中没有拱门和凉亭。

“那么，种植一片冬日的草坪吧！”可我并没有种植草坪的条件啊！无论是门廊还是阁楼，都不适合种植草坪。

“最后，请你多加留意温室中的温度和湿度。”我很想种植一些温室植物，只可惜我并没有属于自己的温室。看来，《园艺手册》里的内容也不是放之四海而皆准的。

没有其他的办法了，我只好耐心等待一月结束。这种等待让我备感煎熬，我不止一次地幻想着二月到来之后的情况……

“到了二月，我们就可以开始为花园里的植物忙活起来了吗？”

“当然，说不定到三月都忙不完呢！”

与此同时，就在园丁们不注意的时候，花园角落里的番红花和迎春花已经偷偷露出头了。

种　子

为种子配置土壤是一项很有意思，且令人着迷的工作。

不同的人对土壤的配置有不同的想法。有人说，土里应该有木炭，但有人持否定态度。有人说沙子是必备成分，因为沙子可以增加土壤中的铁含量，同样，这种观点也遭到了反驳。有人提出，他会在土里加入经过精挑细选的河沙、泥炭、木屑、大理石粉末和三岁牛犊的粪便。然而，这些材料不容易获得。还有人说，在此基础上，我们还需要加入鼹鼠刨过的泥土、猪皮靴踩过的泥土、混杂着易北河沙砾的泥土、生长过金色羊齿植物的泥土，将这些千奇百怪的材料搅拌均匀，再添入陶片、木炭，最后放进一只经历过暴晒、浸泡的花盆。以上这些步骤也遭到了其他业内人士的反对，他们为此争论不休。总之，经过一系列的辛苦工作，我们总算是得到了一花盆配制好的土壤，可以进行最关键的一步：将种子种下去。

而我们手中的种子呢，它们看起来也是各不相同的。有的种子像鼻烟，有的像红扑扑的小跳蚤，有的像尖细的针，有的像一粒不起眼的沙子，有的像铜币，有的像毛绒球，有的像弹球，有的像虫子，有的像一粒微小的灰尘……认识所有的种子，可以说是一项不可能完成的工作，生命的最初形态真是丰富多样。

就用这粒褐色种子来举例吧，它看起来一点儿都不起眼，过一段时间，却能长出一株淡黄色的小蓟，长出宽阔漂亮的叶子，在我看来，这简直就像是魔法一般。

发　芽

将种子埋进泥土之后，你可以将花盆放在温水中，蒙上玻璃罩，最好将花盆的外部温度保持在 40℃左右，这就是一个完美的环境了。现在，你可以满怀期待地守在花盆旁边，等待着种子发芽了。你蹲在花盆前，全心全意地期待着种子发芽的那一刻，激动得手心湿润，浑身发热，以至于不得不脱下外衣，以缓解这份燥热。你不敢有一丝走神，全神贯注地盯着花盆里的泥土。

半晌过后，你什么都没有看到，花盆里的泥土没有出现一丁点儿变化。

这天晚上，你连觉都睡不安稳，几次想要爬起来看看花盆和种子，但最终你还是克制住了自己。“再耐心等一等吧”，你对自己说。

次日一大早，你就奔向自己的花盆，看到土壤上出现了一层不起眼的霉菌，你心花怒放：既然已经出现了霉菌，那么离新芽冒头也就不远了。

第三天清早，你终于在花盆中看到了一点儿嫩芽的痕迹。太棒了！你喜出望外，当即决定要好好照顾这株生长迅速的小芽，保护它安全长大。

第四天，你发现这株小嫩芽的成长速度远远超出了你的预料，它长得飞快，很快就高高探出花盆的边缘，这种异常情况使你十分不安。“这会不会不是新芽，而是一棵杂草？”反复观察之后，你沮丧地发现，这的确是一棵杂草。当然，这是每个园丁都会碰到的情况，你对此毫无办法。

接下来的一星期，你对花盆里的小生命满怀期待，但它始终毫无动静，就在你即将失去信心的时候，在某个无人留意的时刻，这株新芽终于从土里冒出了脑袋，悄悄地长大了。

很多不熟悉园艺工作的人都认为，新芽会笔直地向上生长，长成一根挺拔的茎。以前我也这样想，但是很遗憾，现实生活中我们几乎不会遇到这样的情况。你会发现，新芽并非从种子顶端生长，而是从种子底部开始长的。种子被顶了出来，新芽仿佛很害羞，不愿意直接面对人们期待的目光。如果不是亲眼看到，或许你都不会相信，大自然有这样神奇且有趣的一面。

几乎每一株新芽都是这样长大的，它们将种子顶在头顶，一天天长大长高，当新芽彻底成熟之后，种子就会脱落，结束它可敬的一生。现在，我们可以欣赏自己历经千辛万苦才种出来的新芽了，它们看起来还很脆弱，只有孤零零的几片茎叶，而这几片茎叶还将告诉我们数不清的故事呢，你想知道吗？

不过，茎叶的秘密目前还无可奉告——其实，就算我竭尽全力想要说清楚，也无法完全描述出植物茎叶的奥秘。每一种植物都有自己的秘密，就在这几片单薄的茎叶中，藏着关于大自然与生命的源头，我无法将其准确地描述出来，只能让你们用心体会。

生命，生命，无论到什么时候，人类都无法真正懂得生命的真谛。

二　月

等到二月份，园丁就可以继续之前培育花园土壤、帮助植物适应天气的工作了。但是，二月的天气是多变的，各种恶劣天气随时可能威胁到花园里的植物们，黑霜、干旱、狂风、潮湿等，都可能是置植物于死地的凶手。二月是一年中时间最短的月份，园丁们却只觉得度日如年，没有人知道天气会发生什么样的变化，所以，园丁们必须时刻关注着花园里的植物。

在这个变化多端的月份，天气会施展出所有阴险狡诈的手段：白天将气温升高，新生的小花苞误以为春天已经到来，纷纷迎向了阳光；到了夜晚又会降低温度，来不及缩回灌木丛里的花苞就会被低温冻僵。二月真是喜怒无常，你永远不知道会看到它的哪副面孔。如果遇到闰年，二月就会增加一天。园丁们十分不理解，为什么要将多出来的这一天安排到恶劣的二月呢？为什么不安排到美好的五月呢？只可惜历法并不由我们安排，更何况，即使在五月，园丁的烦恼也是无穷无尽的。

这段时间，园丁还需要完成另一项非常重要的工作，那就是弄清楚春天究竟在什么时候真正到来。

那些陈词滥调往往会说："当第一只昆虫出现在草叶上的时候，人们就可以迎接春天了。"这种说法完全是胡说八道。昆虫和春天并没有直接联系，这些昆虫完全有可能是在去年的寒冷中侥幸存活下来的，我们无法准确地判断它们是不是今年新出生的昆虫。为了聆听春天的脚步声，园丁们有一套特殊的方法。

首先，园丁需要在花园里找到一株番红花。番红花很早就从草坪上拔高了身子，等待春天的到来。就在某一天的某个瞬间，番红花的尖端会突然爆裂，随后发芽长叶，宣告春天的到来。可惜我从来没有见过尖端爆裂的那一刻，希望有哪个幸运的园丁能够亲眼看见。

其次，邮递员会给园丁送来新一期的《园艺手册》。尽管每一名成熟的园丁都已将手册里的内容背得滚瓜烂熟，能将芒刺果、刺花丹、老鼠簕、蓍草、乌头、沙参、侧金盏花等植物的特点一一道来，他们仍然会仔细阅读这本书。只是，在这样恶劣的天气条件下，还需要购买一本《园艺手册》吗？园丁也拿不准主意。

再次，当园丁在花园里找到迎春花的时候，这就意味着春天已经悄无声息地到来了。刚开始，它们只是悄悄地冒出嫩芽、长出叶子，春天才是它们真正的开花期。也许人们对迎春花了解不多，他们更熟悉棕榈树、智慧树、月桂树等名气较大的树，但是迎春花的魅力是其他植物不能比的。当迎春花轻柔地在春风中摇曳时，其他植物都会黯然失色。

最后，园丁的邻居们也会是十分可靠的报信者。当园丁看到他的邻居们全副武装地冲进花园的时候，他也可以穿上园丁服，带上锄头、铲子、水桶和其他园艺工具，开始一天的工作了。这份工作的激情是可以传递的，当天色将晚，邻居们会彼此分享花园植物的情况，诉说他们对于春天的期待。

现在，经过一整个冬天的沉睡，万物要苏醒了。但是我们没办法在短时间内迅速找到新鲜的绿色，因为到处依然是枯枝败叶和光秃秃的黄土，不过，我们可以着手迎接绿色了——就从翻土、施肥、排水、播种开始吧。

这时候，园丁就会意识到他面临的工作并不简单。就以土壤为例吧，土壤的硬度、黏度、酸碱度参差不齐，还混杂着麻烦的沙砾，很难将土壤的干湿度调整到合适的比例。尽管园丁满怀着一腔工作的热情，可他究竟该如何改善土壤呢？他想了许多办法，却拿不准该用哪一个。

如果这位园丁碰巧生活在城市里，那么，改善土壤就成了一项更困难的工作。他需要设法找到腐草、腐殖土、沼泽土、池塘里的淤泥、河里的沙砾、海鸟粪、山毛榉叶子、处理过的牛粪马粪、积攒了很多年的泥煤和灰泥等，以及鼹鼠洞周围的干泥块、木炭、草木灰、石灰、泥炭苔和动物骨骸残留物，这些东西都富含养分，有利于植物的生长，如果还能找到氮肥、磷肥、碳酸钾及其他上等肥料就更妙了。

如果你将这些原材料全部准备好，你就会发现，你的花园已经被堆满了，园子里甚至没有空间来种植物了。然而找齐所有材料是不现实的，所以，你只能尽可能寻找身边常见的材料，来改善土壤品质。生活中，改善土壤的机会其实无处不在。无论是餐桌上剩的骨头和蛋壳，还是清扫房间时收集到的煤灰和水槽沉淀物，甚至是剪下的头发和指甲，这些都是宝贵的资源。当你在街头散步，甚至可以在街角的垃圾堆里发现马粪这样的天然肥料。只要细心收集，它们都能成为你花园中的得力助手，为土壤提供丰富的养分，同时又不会对植物造成任何伤害。对园丁而言，植物生长的重要性高过一切，听说马粪对植物有利，他就会毫不犹豫地上街捡拾马粪，根本不在乎这种行为是否有失体统。就算那些不好意思上街捡马粪的园丁，只要他真心爱着他的植物，看到街边有一堆马粪时，也会唉声叹气，认为这堆马粪被白白浪费了。

你能想象吗？那些住在农村的园丁门前常有堆得像小山一样的肥料。尽管目前的肥料生产工业已经蓬勃发展，无论你想要哪种肥料（盐巴、浓缩肥、矿渣、骨粉及其他形形色色的肥料），你都能够轻松买到，你甚至可以将花园当成实验室，用特定的肥料培养一种特殊的菌类，你想怎么样都行。可是，一想到村里的农家积攒了一大堆肥沃的农家肥，你一定会艳羡不已！

这段时间，迎春花已经盛开，金缕梅、鹿食草也紧随其后，纷纷绽放。放眼望去，花园里到处都是星星点点的嫩黄小花，嫩绿的新芽纷纷露头，数不清的新生植物就要破土而出了。

这幅景象足以让任何一个园丁热血沸腾。他们对自己的花园满怀期望，对未来无比憧憬。

园丁和园艺艺术

当一个对园艺毫无了解的人走进花园，他多半会感叹，花园里芬芳美丽的花儿是多么引人注目，婉转鸣叫的鸟儿是多么惹人喜爱，园丁整日在这些可爱的小家伙中间忙碌，该有多么幸福啊。可是，当他对园艺工作逐渐了解以后，他就会明白完全不是那么一回事，园丁需要关注的不仅仅是花朵，培育花朵的土壤对园丁来说同样重要。有时候，园丁对于土壤的重视甚至超过了植物本身，这是那些外行人无法理解的。

土壤是园丁的实验室，每一种肥料都是园丁精心培育出来的。就算让他走进伊甸园，园丁最感兴趣的东西也是伊甸园中的土壤，他在伊甸园中做的第一件事情大概就是仔细分辨腐殖土的成分，他根本不会设法去偷吃上帝的智慧果，他心中想的，恐怕是怎样悄悄地带走一捧伊甸园的腐殖土。即使智慧果就在他眼前，他也不会多看一眼，而是埋头挖土施肥，整理花圃，就连上帝的呼唤声也置之不理。

假如园丁们的身体也会根据时间的推移而不断进化，那么千万年之后，他们的脊椎一定会退化消失。

几乎所有的园丁都认为，脊椎对他们毫无用处，只会让他们在工作结束后更加疼痛劳累。园丁可以设法将身体其他部位安置妥当，以他的手脚为例，他可以将脚蜷缩在身子底下，可以用手来做拍土、挖洞、清理淤泥的工作……只有脊椎，脊椎既没有用处，又无法收拢。更何况，一个园丁几乎没有机会在工作时挺直脊背，就像他经常见到的蚯蚓一样——弯曲着身体。当人们看到园丁的时候，他往往弓着腰，低着头，尽可能伸长四肢，脑袋几乎贴到地面，这副模样很容易让人想起正在产崽的母马。由此，我们可以确信，园丁对自己的外在形象是一点儿都不在乎的，他们会为了顺利完成园艺工作，而将身体扭曲到极限，蜷缩成一团。当外人看向花园的时候，他们会发现，一个工作中的园丁还不足一米高呢。

培育土壤

培育土壤的方法多种多样，但是无一例外都相当复杂。在我所知的众多技艺中，恐怕没有哪项工作会比培育土壤更加烦琐了，即便是制作难度很大的布丁，与之相比也显得轻而易举。要知道，培育土壤不仅需要园丁们费尽心思地准备各种材料，还得拿起锄头和其他工具，不辞辛劳地挖掘、拍击、翻土、松土，直到每一寸土地都焕发出生机与活力。这样的过程，是非常考验园丁们的耐心与毅力的。

培育土壤需要用到的材料千奇百怪，例如粪便、腐草、枯枝败叶、泥土、沙子、稻草、石灰、煤块、水、柴火、硝石、磷酸盐、动物的尸体等。园丁可以将这些东西充分搅拌，然后埋进土壤中。

大多数情况下，园丁都没有时间轻松地欣赏玫瑰，就算抽得出时间，他们的脑中肯定也会蹦出“该从哪儿找些石灰来培育土壤”“泥土加得太多了，需要再加点儿沙子调和”等与赏花无关的问题。

园艺工作，绝非许多人想象的那般诗意与浪漫，这是一项很严肃的工作。当你身处花园，你嗅到的有可能是玫瑰花的芬芳，更有可能是硝酸钾和牛粪的气味。

因此，那些只钟爱玫瑰花的人，难以成为真正的园丁。他们或许能成为业余的园艺爱好者，欣赏玫瑰的艳丽与芬芳，但无法体验到园艺工作带来的深层快乐。真正的园丁，他们的快乐不仅仅来自观赏盛开的玫瑰，还源自那种类似接生的喜悦——亲手培育生命。园丁不会希望自己变成蝴蝶，穿梭在花丛中，他们只希望自己变成不起眼的蚯蚓，穿梭在泥土中，日复一日地品尝那些带着苦味的黑土。

春天到了，这意味着园丁们忙碌的季节来临了。他们恨不得将全部时间都奉献给花园和植物，甚至会舍弃自己的吃饭时间。他们忙碌的身影穿梭在花园的每一个角落，有时整理肥料，有时翻土松土，有时清理杂草，有时挑拣碎石。

或许就在刚才，他还在草莓苗旁边忙碌，一转眼，他就走向了莴苣田。园丁用慈母般的眼神注视着脆弱的莴苣苗，尽自己所能，想要将这些可爱的小家伙看得更清楚些，他不由自主地凑近它们，脸几乎都要贴在泥土上了。然而，他并未察觉到春日的美景。春风吹拂，阳光明媚，白云飘飘，鸟儿的身影轻快地掠过树林，花花草草都在春光里舒展着自己，而园丁心中惦记的是："希望上帝保佑我的花园，等入秋以后，土壤里还需要加点儿沙土和肥料。"

当然，一天中还是有些时候，园丁的身子是站得笔直的，那就是太阳落山之后，他需要让他的植物们"畅饮甘霖"了。

这个时候，园丁昂起了头，直起了腰，他意气风发，将水管挥向花园的各个方向，清凉的水喷洒在树木上、花丛里、叶子上，使土壤散发出清新湿润的味道，花瓣和叶片挂上了晶莹的水珠，显得分外可爱。浇灌完毕，园丁总算松了一口气："这就行了！"他不是对樱桃树和醋栗说的，而是对这片沉默且忠实的褐色土壤说的。

天色彻底黑了，园丁收起园艺工具，缓步走回家，他进门时嘴上虽然说着："唉！今天可累死我了！"但是笑容满面。

三　月

对于园丁而言，他们所经历的三月和普通人经历的三月是截然不同的，在走进园丁的生活之前，我们首先需要面对两个问题：

第一个问题：园丁三月的日常工作是什么？他对三月有着怎样的期待？

第二个问题：一位优秀的园丁在三月会有怎样的成就？

这两个问题，园丁很容易回答出来。园丁最期待的事情就是各种各样的园艺工作，包括翻土施肥，清理枯枝败叶，给植物浇水除草，修剪花枝，移植幼苗，驱赶那些数不清的麻雀和乌鸦，嗅闻土壤和植物的气味，抚摩幼苗，欣赏迎春花等；忙碌一天后再洗个热水澡舒舒服服地做个有关花园的梦；次日早早起床，沐浴着春风和日光，再次投入到园艺工作中。日复一日的工作，让园丁的双手布满老茧和水泡，但这是一名园丁的骄傲，他最大的梦想就是能一直过着这样的生活。

对一名园丁来说，世上的事情往往不能满足他的期待。他花园里的土壤依然被冻得硬邦邦的，倘若再降温下雪，这位园丁就真的束手无策了。他住在温暖的小屋里，只能眼巴巴地看着窗外的风雪，盼望着恶劣天气能够尽快结束。他蜷缩在炉火旁，一想到过会儿要去看牙医，又要应对法庭的传唤，还得抽空去应付一大堆亲戚，每一天都被淹没在这些不讨喜的杂事中，经历着各式各样的麻烦和意外情况，他就感到一阵心烦意乱，这些琐事，让他错过了多少在花园里忙碌的美好时光啊！对于一名园丁来说，三月应该是最重要的季节，如果他错过了三月，那就极有可能错过即将到来的春天。

是的，我们时常提起的“凛冬将至”“刀子似的北风”，在园丁听来都会有不同的意味。园丁不会使用那么浪漫的说法，他们会直截了当地说：“今年的天气简直就是狗屎！”“我从来没见过这样的垃圾天气！”他们不像诗人那样含蓄，而是会直接咒骂四面八方吹来的风，咒骂酷寒，咒骂这可怕的冻霜，当然，他们也不会对暴风雪网开一面。

园丁的形容方式有自己的风格，他们会说：“在春天面前，寒冬的部队已经被打得溃不成军了。”园丁们多么盼望自己能够为春天的军队出一份力啊，他们恨不得拿起武器亲自上阵，去和寒冬麾下的士兵一对一地拼杀，尽管他们没有武器，但他们有锄头和铲子，有这些，他们就会义无反顾地冲上战场，为了春天贡献自己的那份力量。

然而，园丁没办法做到这一切，他们只能留在自己的小屋里，不断调试收音机，等待来自气象台的最新军情，等待播报员宣布：“春天已经大获全胜了！”如果迟迟没有等到春天到来的消息，园丁们就会焦躁地咒骂起来，咒骂着来自斯堪的纳维亚半岛的高气压，咒骂冰岛方向的冷空气。他们知道，这可恶的寒风就是从那里吹来的。

许多园丁坚信人们口口相传的故事，他们相信：在 2 月 24 日之后，随着圣玛帝亚迈出破冰的第一步，人们就能够满怀希望地等待春天了。如果他失败了，那么最迟到 3 月 19 日，圣约瑟夫就会紧跟圣玛帝亚的脚步，完成破冰这项艰难的工作。

三月份的时候，气温仍然没有回暖，朴实的园丁们也坚信圣潘克拉斯、圣约瑟夫、圣卜尼法斯（这三个人都是基督教传说里的重要人物，也被称为冰人）会继续努力。园丁们重视春分日，坚信圣梅达尔的故事（如果 7 月 8 日下了雨，圣梅达尔就会使雨季增加一个多月），还有各式各样的天气传言，都在园丁的生活中起到了重要作用。

根据以上这些传说，我们可以得知，在过去的千百年里，恶劣天气一直折磨着勤劳朴实的人们，而人们为了对付恶劣天气，也积攒了不少经验。就像谚语说的："五月来，积雪化""圣内波穆克日（5 月 16 日）总是寒冷异常""在圣彼得与圣保罗日（6 月 29 日），围巾必不可少""圣西里尔与圣美多迪乌斯日（7 月 5 日）是北风凛冽的日子""圣瓦茨拉夫日（9 月 28 日）来临时，冬天也就到来了"，人们依靠这样的日期来记录天气，最终广为流传。

总之，当我们对谚语了解得越多，我们越容易发现，谚语记录下来的基本都是坏天气。相对来说，园丁们会乐观得多，他们每天都在期待春天，期待阳光，期待一个适合植物生长的好天气。正是因为这份乐观向上的心态，人们的生活才得以延续。

那些喜欢与园丁们谈论天气和植物的人，多半是沉浸在往事中的老人。他们无法准确感知外界的气温，也记不清过去的事情，总是糊里糊涂的。每当天气稍稍暖和一点儿，我们就能从他们口中听到："我还记得那一年的圣约瑟夫日，我们踩雪出门的事情哪。那都是六十年前的事情了。”等天气一凉，他们又说：“有一年的春天来得特别早，那个暖和呀，连紫罗兰都提早开花了。那肯定也是六十几年前的事情了。”总之，我们很难从这些老人的口中获知真实的天气情况，他们的描述往往都是不靠谱的。

即使在今天，我们依然没办法左右天气。三月已经到来了，可是花园里的积雪尚未彻底融化，冻土依然很坚实，当我们走在花园里的时候，只能寄希望于上帝，希望花园里的花朵可以挨过这段苦寒的日子。

园丁们之间是不是有某种暗号或者暗语，我不得而知，但我猜测会有这样一种东西。据说，园丁可以根据气味判断对方的身份。即使他们衣冠楚楚，坐在戏院剧场里、咖啡厅里，抑或坐在医院的长椅上，他们都可以用最短的时间认出对方也是一名园丁。一开始，他们的谈话会围绕着天气展开。其中一人感叹道：“噢，先生，这样的春天实在是太反常了。”于是，他们的话题就这样自然而然地展开了。随后，他们就谈到空气的湿润程度，谈到大丽花、紫菀的种植方法，谈到花园施肥的情况，以及一株新种下的荷兰百合或草莓苗。再后来，他们会议论《园艺手册》上的内容，会议论虫害和雪灾对植物造成的伤害。他们谈话内容涉及的范围非常广，但无一例外都和园艺有关。

乍一看，他们只是两个高谈阔论的普通男人，没有多少特殊之处。可是只有他们自己知道，他们的思想此刻正扛着锄头，提着水桶，在自家的花园里忙碌。

假如你发现卧室里的挂钟时间不准，你可以自己鼓捣钟表内部的零部件，实在不行就请求专业人员的帮助；假如你遇到汽车半路抛锚，你可以自己打开引擎盖，捣鼓一番不行的话，还能联系修车工厂；无论碰到什么问题，我们都可以尝试解决，或者请教精于此道的朋友。唯独碰上天气问题，人类永远一筹莫展。无论你有多大的热情，无论你掌握了怎样的高科技，无论你对上帝做出了怎样的乞求，你都无法彻底让天气听命于你。

在大自然的力量下，人类渺小得犹如一只蚂蚁。我们唯一能做的就是——耐心等待明天的到来。

幼　芽

3月30日，上午十点整，我的连翘绽放了，那是一朵娇柔的小黄花。为了这一刻，我已经在花园里守了整整三天。终于，那株豆荚似的金灿灿的小芽开花了，我喜不自胜，立刻将目光投向天空，想要观察接下来的天气。不出意外的话，这株连翘很快就会接连不断地开出金黄的小花儿来，我对此满怀期待。

丁香花紧随其后，不知不觉，它的叶子已经长出不少。醋栗也不甘落后，开始舒展着那独特的V字形环状叶片。除了这几个生长快速的小家伙，花园里的其他植物都还没有动静。看看灌木丛，看看树木，它们全都一声不吭，似乎在等待着谁一声令下："发芽！"到那个时候，它们就会争前恐后地发芽生长，没错，它们一定会这样做的！

植物发芽是一种自然现象，自然界的任何一种植物都是这样。人们喜欢谈论发芽，而不喜欢谈论枯败，因为发芽意味着生命力，意味着春天行近的脚步。如果我会作曲，我会专门给新芽写一首曲子，丁香花、红梅花、苹果花和梨花都是跳跃在其中的音符，碧绿的小草作为它们的陪衬，随着恢宏的管弦乐伴奏响起，这支来自春天的军队将

会意气风发地向我们走来，它们喊着响亮的口号："一、二、一,一、二、一……"从来没有哪一支军队像它们这么威风！

人们常说，春天的花园里到处都是碧绿青翠的，但是，这个描述并不精准。新芽的颜色是多种多样的，有些是嫩绿色，有些却是紫红色、玫瑰色，或者是暗紫色、褐色、黑色；有些新芽洁白可爱，有些是瑰丽的金色与紫色，还有些却灰扑扑的，像是摩挲过多次的旧皮子；有些长出细细的根须，有些疙疙瘩瘩的，有些毛茸茸的，有些遍布尖刺，还有些看起来像动物的尾巴。

其实，不同植物的花叶有多少区别，这些植物的种子就有多少区别。遗憾的是，人们对此似乎不是很感兴趣。但我保证，如果你深入了解，肯定能从中发现乐趣，只不过，你必须具备耐心和细心。

我可以确信，春天的景色在各个地方都是一样的，贝内绍夫（布拉格以南三十公里的城市）的春日景色大概也不会比我的花园景色胜出多少，因此，人们完全可以静下心来，观察自己身边的景物，领略到那份令人叹为观止的奇景。那是春天顽强生命力的热烈绽放，植物的生命力带给人们的震撼是无与伦比的，当人们观察新生的植物时，心境会变得平和，或者变得坚定。

如果你对植物的声音足够敏锐，或许你还能听到这支新芽大军中响起的口号声。

就在我写到此处时，我听见植物中响起了那个决定性的口令："发芽！"在这一刻，新芽们争先恐后地冒头出来，树枝上到处都是青翠鲜嫩的芽，连翘披着金黄的衣裳微微摇曳，梨子不仅抢先冒芽，还奋力生长了起来，更有许许多多我叫不出名字的新芽、嫩叶在微风中展现风采。抬起头来吧，小叶子；直起身子来吧，枝条们；一起向着春天前进吧，植物大军们！随着伴奏声响起，形形色色的植物再次高歌起来，它们沐浴着温暖的阳光，吹奏着铜管、敲打着小鼓、拉响了小提琴，它们用植物的语言放声高唱，尽情享受这美好的春日时光！

四　月

尽管无数沉浸在爱河里的年轻人歌颂五月，但是对园丁们来说，他们最热爱的月份无疑还是四月。

五月到来时，树枝上的确有数不尽的花朵盛开，可是在四月，这些嫩芽和花苞所蕴含的生命力才是真正无可比拟的。这是自然界最为神奇的东西，没有什么比它们更加美丽。当你俯身凑近地面，拨动泥土，轻柔地触碰土壤里的幼苗时，你会真正感受到自然生命的无穷力量。这种力量是笔墨无法形容的，必须亲自感受过才能明白。

当你走在花园里，你会时不时俯身下去，想要清除枯枝败叶，或者是剪掉一朵已经枯萎的花，在这种时候，常常会发生这样的情况：你不小心踩到一株刚冒头的百合或者一株刚发芽的金缕梅。由于你的失误，这株幼苗再也无法长大了，你会自责不已，认为自己是扼杀它们生命的刽子手，又觉得自己实在是个笨重的庞然大物，会伤害到周围任何一株脆弱的植物。当你埋头认真翻土松土的时候，也许你的铲子会用力过猛，直接铲断了一株刚刚长成的银莲花。当你沿着花圃边缘小心翼翼地行走，伸手随意一挥，也许就会触碰到一朵初生的报春花或飞燕草。即使你百般小心，也依然会误伤周围的植物，这都是不可避免的，要想成为一名真正的园丁，这些都是你必须经历的事情。等到将来某一天，你终于能轻快地行走在花园里，而不误伤任何一株幼苗，就算偶尔触碰到它们，也不会造成任何问题时，你才算真正得到了花园和植物的接纳。

四月不仅是万物竞发的时候，也是园丁们辛苦耕耘的时候。你既紧张，又兴奋，一天也等不下去了，迫不及待地前往育苗场买了一批优质的幼苗。就像所有园丁一样，你对于幼苗的需求是无穷无尽的。你购买的这一批幼苗有一百多株，它们正等待着被送往你的花园，在那里扎根生长。可当你站在花园里，试图为它们寻找安身之所的时候，你会发现花园里根本没有空余的地方。

我们常常在四月的花园里看到这样一番景象：园丁满头大汗地在花园里跑来跑去，可就是找不到一小块空余的土地来拯救那些蔫头耷脑的幼苗。

“这里没办法种！”他会这样急躁地嘀咕着，“这里种了太多的菊花，实在没地方了！旁边也不能种，夹竹桃会占据这里所有的地方，它们都会被憋死的！唉，我当时为什么要种这几株剪秋罗呢！风铃草也没办法挪动，这可怎么办？对了，不如种在这里——哦，还是不行！乌头已经种在这里了！那边呢？有让人头疼的委陵菜……真是的，要是没有这些紫露草该多好！让我看看……对了，对了，这里还可以种些东西！好了，小幼苗，我帮你找到家了，别担心，你可以暖暖和和地睡进土壤里去了！好了！静静等着发芽长大吧！”

只不过，几天之后，园丁就会苦恼地发现，这株新来的小幼苗占据了月见草生长的地方。

我认为，园丁纯粹是由人类文化催生出来的一种职业，而且没有经历过物种演化，否则，园丁们的外表应该是截然不同的。他们的腿应当变得又细又短，这样就不必费劲蹲下来工作，他们也应当长出翅膀来，这样他们就能在花园里自由行动，避免碰伤任何一棵植物了。园丁也许会对自己的腿深恶痛绝，他们认为这种肢体毫无用处，既占地方，又妨碍工作。当他们需要侍弄花草的时候，不得不将腿蜷缩起来；当他们需要在不同花圃之间走来走去的时候，随时都有可能踩到无辜的幼苗。要是他们没有这样一双腿该多好啊！园丁们巴望着能够在花园上方建起一架大秋千，他们只需要顺着秋千从这头儿荡到那头儿，就可以轻轻松松地照顾植物了。要么多长几只手？任意调整腿的长短和粗细？只可惜这些都很难实现，世事往往是不遂人愿的。

因此，园丁不得不在其他方面加把劲，用来弥补身体构造方面的不足。当园丁走在花园里的时候，他必须踮起脚尖，就像优雅的舞蹈演员那样，尽可能缩小自己的占地面积，从而保证植物们的安全。遇到无法行走的地方，园丁必须轻巧地跃过，并且精准把控自己的落脚点，不误伤任何一株幼苗。当然，这个过程中他们还得想办法不让自己的姿态太过难看，以免遭到旁人嘲笑。

的确如此，如果你看向花圃里的园丁，你通常只能看到他弓着背、弯着腰的背影，而看不见他的脸。

在园丁的辛勤耕耘下，越来越多的植物都到了开花期，放眼看去，花园里盛开了不少种类的花朵：水仙花、风信子、海棠花、石楠花、报春花、堇菜、琉璃草、虎耳草、南芥菜、火棘……如果你这段时间到园丁的花园里做客，一定会感到震撼不已的。园丁也很乐意在这段时间邀请朋友们前来，当然，他不愿意邀请那些对园艺一无所知，却还要夸夸其谈的外行人。“看这株漂亮的紫丁香！”外行人往往会这么说。而园丁则会沉下脸，纠正道：“这是比利牛斯山石钟花。”

园丁对于花儿的名字是非常敏感的，他们认为一个正规的名字是花儿地位的体现。假如植物学家用一个复杂的拉丁名字为某一朵花命名，那么这种花就会在园丁中受到欢迎，反之，那些没有名字的花朵就只能淹没在植物群中了。想想看，如果一株荨麻被你命名为雌雄异株荨麻，那你一定会对它萌生出好感和尊敬，在施肥和浇水时，对它多关注一些。

如果你主动向园丁询问某一株植物的名字，园丁将会非常高兴：“那株玫瑰吗？它叫布尔米斯特·凡托勒！”“不，不是这株，这株是克莱尔·莫尔迪耶夫人。”当你们这番谈话结束之后，园丁就会将你看作知己。但要注意的是，你不要在园丁面前自作聪明地说：“我认识！这是一株南芥菜！”当你说完这句话，园丁就会气愤地纠正你：“这是斯齐莱加·波穆特！”其实，一株植物的名字没有多么要紧吧？可对于园丁来说，这是一件相当重要的事。园丁们会驱赶花园里的顽童和乌鸦，不仅因为他们会破坏植物，还因为他们会乱扔各种植物的铭牌，让新来的访客误会：“咦？这是一株金雀花吗？居然不是薄雪草？”“是的，这是一株金雀花，看看牌子上的名字吧——哦，可能是某个变种吧！”

庆祝劳动节

在那些天气晴朗的日子里，我会蹲在我的植物们面前，和它们叽叽咕咕地说悄悄话：“小庭荠，我来给你松松土，过几天再来帮你修剪出更漂亮的模样。嗯？你说什么，你想要搬家？”再三确认了小庭荠的想法之后，我就会着手帮它搬家，给它找到舒服的新居，让它能在更深的土壤里扎根。

我之所以会对这片花园和植物付出这么多的心血，是因为我热爱它们。这片土地是我用血汗浇灌而成的，我完全有信心说，我的汗水滴遍了花园里的每一寸土地。我在修枝剪叶的时候，有那么几次不留神割伤了自己，我流出的血都滴进了这片土壤呢。

当一个人拥有一片花园时，他就拥有了一个独属于他的世界。花园里生长着的玫瑰花、樱桃树不再是随处可见的普通植物，而是专属于他的特殊植物。当他拥有了这样一个世界以后，再看待周围的环境时，就会自然而然地产生不同的看法。

例如，你会听到他说“我们这地方的降水量实在太多了。”或者是“最近我们地区的湿度很合适。”但是，这并不意味着他性格宽容，相反，他会对周围的陌生地带心怀警惕，甚至有着强烈的排他性。邻居家的花园就是最容易引起他注意的地方，他审视着邻居家的每一株植物，眼神中带着挑剔，仿佛那些植物在他眼中都显得微不足道。然而，当他转向自家花园时，那份挑剔瞬间化为欣赏，每一朵花都像是他亲手雕琢的艺术品，独一无二，万里挑一。可以确信的是，就像普通人会为了信仰不顾一切那样，园丁也会为了他们的花园做同样的事情。

好了，结束了小庭荠的搬家工作，接下来需要帮助高山风铃草了。的确，贴近地面不断挖土是一个辛苦的活儿，工作时间久了，很容易腰酸背痛，可是园丁知道，他之所以辛苦劳作，是因为他热爱风铃草、虎耳草，是因为他希望看到它们茁壮成长，而不是为了证明他是一位勤勤恳恳的劳动者。当人们想要歌颂园丁的时候，不必歌颂园丁的意志力，请歌颂那些美丽的风铃草、虎耳草吧，这些花草才是真正高于一切的东西。

如果你没办法在学业方面获得太多成就，你可以考虑成为一名建筑工人或一名冶铁工人，你可以通过每天的劳动来换取食物，养活自己和你的妻儿。在这样的生活里，食物和孩子的笑脸将会是你最珍视的。你需要明白的是，劳动的真正意义在于它所创造的价值。以筑路工为例，他们劳动的目的是修建一条宽阔平整的路，这条路能够方便人们通行，因此，筑路工会对这条路满怀热情。以纺织工为例，他们更应为自己织出的精美布料而自豪，而不仅仅是为了工作而工作。我认为，劳动创造出的成就远远比劳动本身更加重要，与其庆祝劳动节，不如庆祝那丰收的季节。

现在，无论人们是不是在庆祝美好的劳动节，我的注意力都只会落在眼前这株粉红色的夹竹桃上。小夹竹桃啊，你不必担心其他的事情，只需尽情绽放你的美丽！

第三章·进入夏季

五　月

刚才，我们仔细讲述了播种、松土、浇水、施肥等日常园艺工作，接下来，我们可以谈谈园丁独有的园艺乐趣了——假山花园。

假山花园的别称是“阿尔卑斯花园”，这个名字的来源可不太轻松，当园丁在假山上辛苦劳作的时候，稍有不慎，就很容易从假山上失足跌下，摔成残疾。可以说，园丁在假山花园上工作的危险程度不亚于登山者攀登阿尔卑斯山的危险程度。就以园丁种植崖樱草的情况为例吧，为了避开附近的糖芥和南庭芥，他们不得不巧妙地挪动脚步。首先，他们会抬起一只脚，小心翼翼地让脚下不断晃动的石头承受住自己的体重，随后再设法找到另一只脚的落脚点。在这座崎岖不平的假山上，园丁们有可能需要变换各种奇怪的姿势，踮脚、后仰、弯腰、跳跃、贴着石头站直等，他们必须不断调整自己的身体，以便能顺利地在这片假山花园上凿洞、松土，尽可能多地种植植物，并且浇水施肥。

但是，园丁们依然很喜欢这种特殊的劳作方式，他们沉醉其中。

如果你小心翼翼地踏上一块架在半空中的岩石，由上往下看，你将会看见石块间那一棵棵罕见的高山植物幼苗，或许是小巧的薄云草，或许是美丽的冰川石竹。在这一瞬间感受到的满足只有园丁才能明白，那些不懂园艺工作的外行人（他们没有亲手种植过风铃草、虎耳草、胡虫草、海棠花、夹竹桃、十字花，以及石莲花、糖芥、景天、仙女木等）根本无法理解这一切，他们没有触碰过岩风铃、鸢尾花、海石竹、紫菀、太阳花、狐地黄、金鱼草、指甲草，他们也不懂得百里香、委陵菜、薰衣草、紫草、报春花、紫云英、紫罗兰究竟是怎样生长的，他们不理解园艺，不理解大自然里的生命，因此也无法理解这个世界上许许多多美好的事物，无法理解千万年的生物演变究竟带来了怎样神奇的变化。如果你想要探究自然界的秘密，首先需要触碰石竹花圃上的一簇小花儿……

可是，我何必对你说呢？如果你不是一位在假山上劳作过的园丁，你也不会明白我在说什么。

当园丁走进他的假山花园时，他就不仅仅是一个园丁了，那一刻，他仿佛是一个坐拥万贯家财的富翁，他的财宝就是他亲手种植出的植物。

如果你邀请他走进你的花园，让他看到了那株罕见的慕氏风铃草，那可就糟了。为了得到这株植物，他会不惜一切代价，甚至不惜犯下盗窃的罪行；更极端的，他可能在你毫无防备时发动攻击，甚至在你奄奄一息时还补上一击。这都是因为他太爱这株植物了，如果得不到，他可能会发疯。假如他实在太胆怯或太笨重，没办法在半夜三更时摸进你家花园里偷走小苗，那么他就只能对你死缠烂打，对你无限度地阿谀奉承，恳求你将这种幼苗送给他一棵。最后，当你将风铃草、迷迭香都送给他以后，他才会心满意足地离开。

或许有那么一天，当他信步走在花卉市场里的时候，会无意中看到一盆郁郁葱葱的漂亮植物，花盆前没有铭牌，也没有标价。他小心翼翼地观察着老板的神色，尽量保持镇定，装作漫不经心地开口问："嘿，老兄，这是什么？"

"我也说不好。"老板被他问住了，挠挠头发，"可能是一种风铃草吧，我猜，我也不太清楚……"

"卖给我怎么样？"园丁依然在试探。

"不，我不卖。"老板拒绝了他。

"卖给我吧，老兄，卖给我！"园丁笑嘻嘻地说，"我们都是这么多年的朋友了，把它卖给我吧，我喜欢它！"

两个人展开了漫长的拉锯战，经过一番争论，园丁并没有如愿买到心仪的植物，他装作怒气冲冲地从花店里跑出来，停在店门口，心中期待着店主能追出来，用各种说辞劝他回头，然而等了片刻，店主却没有追出来。没办法，他只好灰溜溜地走回花店，指着那一盆钟爱的植物，斩钉截铁地说："朋友，如果你今天不把这盆植物卖给我，我就在你的花店里一直待下去，一个星期，一个月，一年……我都不在乎！"在他不懈的坚持和各种策略的施展下，店主最终将这盆植物卖给了他，他喜滋滋地抱着战利品回家，将这株植物种在了他的假山花园上。他重视种植过程中的每一个细节，松土、移植、浇水、除草、施肥……他将这株风铃草看成是最珍爱的宝贝，而这株风铃草也不负所望，长势喜人。

“你看，你看！”园丁兴奋地将这株植物介绍给他的朋友们，“你们从没见过这样的风铃草吧！我猜这一定是稀有品种，我真是等不及看它开花了！”

“这种叶子并不像风铃草……”他的朋友皱着眉头，犹豫地说，“我觉得它有可能是一棵辣根。”

“辣根？绝对不可能！”园丁叫了起来，“我知道辣根什么样，它们的叶子绝对没有这么漂亮。这是一株风铃草，我敢跟你打赌！”

接下来的一段时间，园丁对这株神秘的风铃草倾注了前所未有的时间与心血。眼看着风铃草一天天长大，园丁时不时自言自语：“绝对不是辣根，绝对不是，我相信这是一种杂交出来的风铃草，等它开花的时候，铁定会把所有人都吓一跳！”

终于，这株非凡的风铃草开始伸展出优雅的花茎，园丁早早就守在花园里，可是花茎上开出的却是——辣根花！园丁蹲在辣根前，一边给花儿浇水，一边苦恼地嘟嘟囔囔：“也不知道花店是怎么搞的，居然能把辣根和风铃草搞混……”

几天之后，上次的朋友又来做客了，他兴致勃勃地问：“那株风铃草还好吗？顺利开花了吗？漂亮吗？”园丁只能遗憾地摇头，说：“没有，它已经枯死了，这种稀有植物很难养活，你明白的。”

订购花苗

对园丁们来说，订购花苗可是一项需要投入大量心思和精力的任务。一般来说，他们在三月份就前往苗圃，看老板是否能提供之前订购的花苗，可是老板却两手一摊，告诉你气温太低，花苗还没冒头呢。等到四月份，园丁再次前往苗圃询问情况，这时候的苗圃老板已经忙得分身无暇，连和你说话的时间都没有，没办法，四月份是花苗出售的高峰期，来买花苗的人实在太多了。等到五月份，你再次敲开苗圃的门时，却依然只能得到一个令人失望的答案。经过四月份的抢购，老板手中的幼苗已经所剩无几。老板只会说："没有，没有，报春花早就卖完了。换成毛蕊花怎么样？这也是一种漂亮的花儿，黄澄澄的……"

有时候，会有幸运女神眷顾你，邮递员敲开你的家门，给你带来一个沉甸甸的包裹。你拆开一看，恰好就是之前订购的花苗。这简直是最幸运的情况了！

当你检查花园里的植物时，你发现高山植物的数量没有多少了，应该换些新品种了，因此你准备好了白鲜（迪克特草）的幼苗，这种植物看起来不起眼，却能在短时间内迅速抽芽长大，你对它满怀期待。

可是，等了一段时间，白鲜的种子还是毫无动静，它们匍匐在地上，和小草差不了多少。你不禁疑惑这真的是白鲜吗？你发愁地盯着它，简直要怀疑它是石竹的变异品种了。你决定先不要想那么多，还是专心给它浇水施肥吧，看看它这粉红色的花儿……

“请您帮帮我。”当另一位老园丁上门拜访的时候，你向他请教，“这是一株白鲜吗？”

“白鲜？我认为这是石竹。”对方回答道。

“对！我想说的就是石竹！”你连忙笑眯眯地说道，“我刚刚满脑子都想着白鲜，一不小心说错了。如果在我的假山花园上种上几株白鲜，我的花园应该会更漂亮，您觉得呢？”

如果你翻开《园艺手册》，你会看到作者在书中反复提醒，人们应当用种子来培育幼苗。但是，关于种子，大自然里藏着一个这样的秘密：所有种子都需经历一段漫长的时间，等待发芽时机的到来。而一旦到了发芽的时间，它们将会不约而同地破土而出，寻找阳光、水分和其他养分。一开始，你也许在想：“花园的角落里空荡荡的，种几株蓟草也许会好一些！”因此，你买了不少蓟草种子，将它们种下去，期盼着蓟草能够装点你的花园。

等到蓟草发芽的时候，你却发愁了。原本只要零零星星的几株蓟草就足够了，可是发芽长大的蓟草幼苗数量远远超出了你的预期，就算你在花园里所有的空地上都种满蓟草，仍然有一百多株蓟草幼苗无处安置。怎么办呢？将这些生机勃勃的小苗扔掉？你实在下不去手！

“嗨，我的朋友！想要点儿绿植装饰你的家吗？看看这些蓟草吧！”

“真的吗？谢谢你！”

太好了，隔壁的邻居带走了三十株蓟草幼苗，你总算松了一口气，剩下的一百株幼苗也可以如法炮制，赠送给其他邻居。

尽管现在这些蓟草幼苗看起来脆弱无害，可是它们将来能长得比人还高。但愿你的邻居们能接受这一点！

天降甘霖

有趣的是，我们每个人体内或多或少都潜藏着园丁的基因。就算我们完全不懂园艺知识，不会种植天竺葵或海芋，却依然能够在日常生活中流露出一些园丁的特质。假如高温天气持续了七八天，我们的心情也会变得焦虑烦躁，还会向遇到的朋友搭话：“你说，是不是快下雨了呢？”

“也许吧。”朋友说道，“前段时间我路过布拉格旧城广场，还走到了莱特涅，那里的情况更糟，空气干燥得厉害，连土壤都有裂痕了。”

“比科林的情况更差吗？我之前路过布拉格东边的时候，那里的干燥情况已经很严重了。”

“严重得很。除非好好下几天雨，否则很难缓解。”

尽管所有人都在抱怨，可是气温没有半点儿要降的意思。人们走在没有一丝风的布拉格大街上，还能够清晰地闻到彼此身上的汗酸味，当人们挤在公共汽车里的时候，这种情况更是如同火上浇油，一丝火星就足以引爆这种焦躁的气氛。

“该下雨了吧，老天爷！”有人这样抱怨道。

“可不是，真是急死人了。”有人唉声叹气道。

“下雨吧，下雨吧，下个十天八天也没关系，好好让土壤和植物喝点儿水。”有人嘟嘟囔囔道。

“唉，这鬼天气！”还有人咒骂道。

就在所有人都被这炽热的太阳晒得无精打采的时候，天空上方的云团正在悄无声息地汇聚，暴雨即将来临，可是，人们这时候却毫无察觉。

冷风呼啸而起，空气中的水汽渐渐变得清晰可见，乌云蔽日，暴风雨来了。噼里啪啦的雨滴砸了下来，带来湿润清新的味道，所有人家的玻璃窗上都蒙上了一层水幕，雨水通过排水管道汇向河流、池塘、海洋。人们一个个鼓着掌、跺着脚、吹着口哨、兴奋地叫嚷着庆祝大雨，有人推开了窗户，跑上了街道，目的都是离雨水更近一些。

这场甘霖实在太美好了，人们的心田得到了浇灌，灵魂得到了滋养，所有人都觉得在这场大雨中得到了新生。就说我吧，因为这难耐的夏日，我已经有好多天无精打采、萎靡不振了。我以前是一个愚蠢、懒惰、无趣的人，可是现在，经过这样一场酣畅淋漓大雨的浇灌，连我也变得不同了，这简直是上帝赋予我们的奇迹。请敲响钟，请唱起歌吧，在甘霖普降的时候，让我们大声歌颂它的到来！请奔涌起来吧，雨水，请你们将这份清凉带给溪水，带给大海，带给每一寸缺水干裂的土地！

蓦地，仿佛有人叫了一声“停”，乌云和狂风很快都退场了，积着雨水的水洼随处可见，鸟儿也出现在雨后的树丛里，婉转动听的鸟鸣声响起，惹得人们纷纷走出家门，享受着这雨过天晴的一刻。

“多好的一场雨啊！”人们赞美着。

“要是能再下一阵子就好了，不是吗？”

“的确如此！但是现在这场雨也足够了！”人们七嘴八舌地说。

过了一会儿，小雨又敲打起人们的屋檐，可是现在的雨已经不是刚才的狂风暴雨了，风变得平和，雨点变得轻缓，像是一只温柔的手，轻轻地抚慰着花园里的每一株花草、每一片土地。

渐渐地，雨停了，云开雾散，日光试探着从云层间露出来，人们呼吸着雨后的潮湿空气。

“真好啊，五月的雨！”人们这样感叹着，“树更青了，花儿也更漂亮了！要是这雨能再多些，该有多好哪！”

然而，雨的脚步渐渐远了，太阳重新显露出它的威风，滚烫的阳光照向各个角落，潮湿的土地仿佛是一座座小型蒸汽工厂，不断地蒸腾出温热的水汽，一呼一吸，都能感受到潮热的气息。假如我们的视线能够穿透云层，也许可以看到，云层角落里的乌云正在缓缓聚集，下一次暴风雨已经在路上了。

热气蒸腾，时不时吹来凉爽的风、水汽和雨滴。所有人和花草都仰望天空，祈盼着雨水洗刷大地。这时我们才会意识到，五月梅雨对我们的世界是多么重要。

“要是这雨能再多些，该有多好哪！”这样的声音又响了起来。

六　月

六月，你会发现园丁们都在修剪草坪。修剪草坪是一桩怎样的工作呢？园丁们会不会清晨就起床劳作，穿着一身简单的旧衬衣，将衣摆随随便便扎在腰间，一边挥舞着镰刀，一边哼着乡间的歌呢？如果你是这样想的，那可真是大错特错了。

对园丁来说，最优质的草坪莫过于英国草坪。远远看去，青翠欲滴，平整浓密，仿佛是一块光滑漂亮的台球桌面、一卷厚实暖和的羊绒毛毯、一张精致昂贵的天鹅绒衣料。可是随着季节变迁，我们会发现，这块完美的英国草坪里渐渐出现了瑕疵，参差不齐的蒲公英、丁香、苔藓和各类杂草破坏了草坪的整体颜色，我们必须尽快开始除草。

首先是拔除碍眼的黄色杂草，这也让这块碧绿色的天鹅绒上出现了不少破损；接下来，我们浇灌整片草坪，使它充分接触水分、阳光和新鲜空气。最后，就到了修剪草坪的时候了。

这个时候，区分资深园丁与新手园丁就会变得轻而易举。新手园丁往往会走向郊区、河岸去寻找带着山羊的老人。因为山羊总是缺乏食物的，很多时候只能啃食荆棘或球网。新手园丁会热情地邀请老人和他的山羊一同前往他的花园做客，山羊无论在他的草坪里吃多少草都没关系，并且承诺给老人二十块钱的报酬。可是，许多天过去了，老人并没有如约前来。

闷闷不乐的园丁只好亲自动手。他购买了镰刀和磨刀石，打算凭自己的努力完成整片花园里的割草工作。可是，他很快就陷入了困境。或许是因为他的镰刀买得不合适，或许是因为这种草叶品种特殊，也或许是因为他的园艺技术还不纯熟，总之，他的工作效率极低，最后，他不得不生拉硬拽，将草茎和草根全部拔出地面。他苦恼地看着眼前的土块和草根，嘟囔着："早知道这样，我还不如用剪刀呢！"最后，园丁终于一一拔除了所有的杂草，将乱七八糟的草坪抛在身后，将割下的所有草叶都收拢扎紧，再次去找那位带着山羊的老人。

"老人家，您的山羊真的不需要一些新鲜干草做食物吗？这些干草的质量都好极了，如果您收下它们，我还可以额外支付给您十块钱！"

老人想了想，点头答应了园丁的要求。园丁乐呵呵地回到家里，继续整理着那些割下来的干草。这些草也能够派上用场了，真是一件值得高兴的事情。可是一天天过去，老人还是没有来，他意识到老人再次失约了。

没办法了，园丁唉声叹气地将这些干草交给收垃圾的清洁工，可是清洁工并不乐意收走这些干草。"您必须付钱，先生。"清洁工说，"要知道，我们可不是专门干这事的！"

和新手园丁相比，老园丁做出的决定可就果断多了。他们会直接购入一台割草机，尽管割草机会发出巨大的噪声，但是这些坚韧的草茎轻而易举地就被切断了，园丁们注视着空中飘飞的草叶，再看看清理过后的草坪，肯定会觉得心满意足。

当这台机器刚刚来到他们家的时候，从老人到小孩儿，全都迫不及待地想要摸一摸这个大家伙，并且想看看割草机割草时的景象，园丁当仁不让地站了出来。“让我来！”他说，“我可是一个专业园丁，要学习怎么割草，找我准不会错的！”很快，园丁推着割草机在草坪上割一圈。“让我试试吧！”他的家人或许会这么说，可是园丁正干到兴头上，他会毫不犹豫地拒绝家人，推着这台机器兴冲冲地割了一圈又一圈。

一段时间后，园丁找到那位对割草机感兴趣的家人，大方地说：“去试试割草机吧！这种活儿别提多好玩啦！”

“哦，是吗？”这个人冷淡地说，“可我现在忙着呢，没空割草。”

暴风雨来临

园丁修剪草坪的时间，往往是多雨时节。这段时间的气温总是潮湿闷热，雨前的阳光更是格外炽烈，汗水的酸臭味弥漫在每个角落，农民们一边侍弄着他们的庄稼，一边仰头看天，叹息道：“暴风雨要来了……”

话音刚落，暴风雨就来了。狂风大作，乌云盖顶，狂风呼啸着将花园里的叶子吹得四处乱飞，连园丁的帽子都被吹到了天上。园丁顾不得去捡帽子，他胡乱拢了把头发，狂奔进花园，因为他还有比捡帽子更重要的事情，他必须尽快把花园里的植物固定住，以免它们被狂风吹垮。在各式各样园艺工具的帮助下，园丁绑好了飞燕草，就在这时，一滴热乎乎的雨“啪嗒”落在了他的面前，接下来的几秒钟，什么也没有发生，又过了几秒，雷声轰鸣，哗啦啦的大雨落了下来。

园丁只能狼狈地跑到门前避雨，可是，他花园里的植物却没办法和他一起避雨，看着眼前发生的一切，园丁觉得心如刀割，他时不时顶风冒雨冲进花园，将一株株摇摇欲坠的百合花尽可能固定住。

老天爷，快让这场暴风雨停下吧！

可是老天爷并没有满足园丁的期待，暴风雨甚至越发猛烈，噼里啪啦地打在地上的雨滴变成了坚硬的冰雹，砸落在地上砰砰作响，积水汇聚成一条小河。园丁屏住了呼吸，他为他的植物深感担忧，但他也明白，自然的力量是不可违逆的。

又等了好一会儿，暴风雨的势头逐渐减弱。雷声低了，雨势小了，阳光重新透出云层，现在只下毛毛细雨了。园丁迫不及待地冲进细雨中，他要仔细检查雨后花园的情况。看吧，这泥泞的草坪，这七零八落的植物支架，这一片狼藉的花花草草，真是一场灾难。

就在这时，他听到了一声不合时宜的赞叹："唉！这雨下得真是不够！多好的雨哇！怎么就不能再下一会儿呢！"

园丁气愤地寻找声音的来源。原来是树上的乌鸦正在对隔壁邻居哇哇大叫呢。

第二天，新闻提到了这场暴风雨对庄稼的影响，可是，它们为什么没有提到暴风雨对花园的摧残？难道百合花的利益就无人关心吗？确实如此，园丁与农民相比，确实得不到重视。

如果睡前祷告能够使上帝改变降水方式，那么园丁们一定会是最虔诚的信徒，他们一定会在祷告中如此倾诉："上帝啊，我请求您保佑我可爱的小花园，请求您在每晚十二点至三点之间降下细细的小雨，好让土地得到最适宜的滋润。请您在降水时避开庭荠、剪秋罗、薰衣草、半日花，这些旱生植物可受不得雨呀，我想您也会愿意照顾这些可爱的花儿的，如果需要，我现在就可以对您说出它们的名字……对了，白天的阳光要尽可能地避开绣线菊、玉簪花、龙胆、杜鹃花，太烈的阳光会让它们不舒服的，它们喜欢的是水分、微风和勤劳松土的蚯蚓，至于蜗牛和蚜虫，最好敬而远之。哦，亲爱的上帝，如果您能够降下几场浓度合适的肥料雨，我就真的对您感激不尽了，下鸽子粪也是一样好！阿门！”

如果这些愿望都能一一实现，那么花园早就变成了园丁梦寐以求的天堂，只是世事总是不遂人愿，这样的情况是不会发生的。

既然提到了蚜虫，那么我们就来谈谈与蚜虫相关的事情吧。六月，园丁需要完成的一项重要工作就是消灭蚜虫。

为了达成除虫目标，园丁用了多种方法。就说说喷洒杀虫药这种方法吧，他尝试了各种类型的产品，如喷洒粉末、浓缩药水、熏剂、砒霜、烟草、肥皂粉等，可是都收效甚微，当园丁再次走进花园里的时候，还是能在玫瑰花下捕捉到丑陋的蚜虫。

园丁们之所以对蚜虫深恶痛绝，是因为这些顽固的小虫不仅难以根除，而且一旦使用杀虫药剂，还会在无意中伤害到他们心爱的花草。蚜虫如潮水般汹涌而来，它们疯狂地啃食着玫瑰的枝条，并且还会祸及其他植物。无可奈何的园丁只能蹲下来检查所有的花枝，手持杀虫剂喷壶，对着每一根花枝上的蚜虫进行精准喷洒。这种办法可以尽可能多地消灭蚜虫，但是园丁身上也会留下挥之不去的杀虫剂味道。

谈谈种菜的园丁

读到这里，大概有些人会对这本书产生抱怨了。他们会说：“这都是些什么呀？尽写些花儿呀，草儿呀，却不提那些其他更有用的植物。照我看来，小黄瓜、胡萝卜、紫甘蓝、洋葱、芹菜、小番茄、小葱、卷心菜，这些能食用的植物可重要多了！只会种花的园丁也配叫园丁吗？根本不配！这家伙真是又愚昧、又傲慢，他根本不懂得莴苣在园丁心中的地位！”

不，我并不是这样想的。现在，请听听我的解释吧。

我也曾热切盼望着自己能够成为一名农夫，在播种的时间，我在花园里辛勤地种满了小莴苣、卷心菜、花椰菜和胡萝卜，我对我的花园有着数不清的规划。

可是，到了秋天，相应的烦恼也就来了。成熟的胡萝卜堆满了我的花园，就算我每一天的每一顿饭都吃胡萝卜，也吃不完那么多。几天以后，西兰花又迎来了丰收，我又不得不天天吃西兰花。紧接着，卷心菜和莴苣也占领了我的餐桌。相信我，你不会愿意从早到晚都吃莴苣的，那简直是噩梦般的日子，而我，便是这噩梦的亲身经历者。

我明白，身为菜农，一定也有着独特的乐趣。但是，如果你必须将收获的蔬菜全部吃掉，这份乐趣可就不复存在了！换成一位种花的园丁，他也不会愿意吃掉所有的玫瑰花和百合花，因为这样一来，这些花朵便不再是欣赏对象，而是一种负担了。我确信，每一只山羊都希望能够种植出它们爱吃的植物，但我们之所以是园丁，而不是山羊，就是因为我们不愿意将花园看成粮仓。

在种花的过程中，我们已经不得不对付许多外来的敌人，例如麻雀、乌鸦、蚜虫、蜗牛和其他各种害虫，顽皮的小孩子也会破坏我们的花园。如果我们再在花园里种上蔬菜，那么守护战就将更加激烈。

可是，说实在的，兔子想要吃一点儿新鲜蔬菜，又有什么错呢？

作为一个普通人，也许我们都曾经幻想过，如果有一天大权在握，我们会做出怎样的决定呢？

如果是我，我一定会颁布许多法令，其中最重要的一条法令是针对木莓的。我会禁止木莓出现在任何一座花园的篱笆墙边，如果有哪个园丁胆敢这样种木莓，我就要对他施以严苛的惩罚。请原谅我这样做，但是，我实在太憎恶木莓了。如果有人在篱笆边种植木莓，这种可怕的植物就会在极短的时间内扩散来开，占领其他人的花园，这简直是一种强盗行径。木莓的生长速度快，一旦成熟，就如同一头势不可当的巨兽越过篱笆墙、砖头、铁丝网、战壕等各种各样的障碍物，最终侵吞康乃馨、月见草的地盘。甚至当你准备休息时，也会在木床间隙看到木莓芽的影子，当你整理园艺工具时，也会在斧头木柄上发现木莓芽。所以，任何一个有修养的园丁都不应该在篱笆边种植木莓、软耳草、向日葵这些植物，它们会给你的邻居带来无穷无尽的烦恼。

如果你想要让邻居高兴，那么，可以试试在篱笆边种植甜瓜。

我就曾经遇到过天降甜瓜的事情。那个甜瓜是邻居家花园里种的，却越过篱笆，落在了我的花园里。这可是一个让人大开眼界的大甜瓜啊！我敢保证即便是见多识广的植物学家、诗意盎然的吟游诗人、精编植物图鉴的编辑，以及那些在植物研究领域深耕的学者，也未曾目睹过如此壮观的甜瓜。他们也不可能想明白，这个大甜瓜是怎么从篱笆缝儿里钻出来的。接下来的几天里，我邀请家人和朋友们参观了这个巨大的甜瓜，最后，在众人的期待中，我将它摘下来、剖开，和大家一起饱餐了一顿。

七　月

所有的《园艺手册》都会告诉我们，在七月，园丁最重要的工作就是给玫瑰接枝。

玫瑰接枝有一套成熟的流程。一般来说，园丁会精心挑选适合接枝的树种，野蔷薇和野苹果无疑是最佳选择。在接枝的过程中，园丁需要准备好锋利的园艺刀和剪枝刀，以及大量的韧皮。

当一名园丁给玫瑰接完枝后，他会发现烈日将土地晒得快冒烟了，他必须尽快开始松土。

松土可是园丁经常干的活儿，一般来说，每隔两个月就需要将花园里的土壤全部翻动一遍。然而，即使园丁频繁松土，土壤里的碎石和其他垃圾却一点儿也不见少，这真是太奇怪了。难道植物种子在生长过程中，会变成石头吗？难道这些石头都是土壤培育出来的孩子吗？我们很难回答这些问题。至于其他垃圾，往往和园丁培育土壤时用到的“腐殖土”有关。这种腐殖土里本来就存在着不少杂物，包括腐叶、碎石块、碎玻璃、铁丝、铁钉、剩骨头、破锡箔纸、碎砖块、硬币、线绳、纽扣、破皮革、铁块、煤块、塑料碎片、抹布碎片、破报纸和破布料等。园丁早已忘记他们埋下了这些东西，所以，每次从土壤里挖出这些垃圾时，他们都觉得难以置信。当一名园丁给他的郁金香松土时，他甚至有可能挖出一只小炉子、一本破破烂烂的魔法书。总之，当你采用腐殖土来培育花园土壤以后，就不必对挖出来的东西大惊小怪。

七月，灌溉花园也是园丁的重要工作。每天傍晚，当园丁结束了一天的灌溉以后，他一定会将今天的灌溉情况一笔一画地记录下来，如果他日常使用的灌溉工具是洒水壶，这个数据会精确到几壶。

“真不错，今天给花园浇了四十五壶水呢！”他会满意地对自己点点头，并且将这个数据看作一个里程碑。对于园丁来说，这的确是值得骄傲的事情。当烈日终于落山，一整天的劳碌结束以后，你指挥着你的水管，给干渴憔悴的植物们带来一场甘霖，那是一件多么有成就感的事情啊！所有的植物都仰着头汲取水分，叶子沙沙作响，喝饱了水的植物发出感叹：“真好喝啊！感谢上帝，赐予我们这样的水！”植物的喝水问题解决了，园丁的工作却尚未结束，他还有得忙呢。那些使用水龙头和橡皮管子的园丁们，浇水的速度和范围都得到了极大的提升。眨眼之间，他们就能迅速浇灌整个花圃，连草皮也一并得到了滋润。

可别小看这些从水管里冲出来的水柱啊，在强大的水压下，当水柱冲向地面的时候，几乎就像一颗颗小炮弹落下来，无论是杂草还是落叶，都抵挡不了水柱的冲击力。如果你被水柱正面砸中，那更是了不得，铺天盖地的冰凉水柱会带给你洗冷水澡一样的感觉。

只不过，橡皮水管并不容易操纵，管子中间很容易迸出裂缝，这种情况是每一个园丁都不愿意见到的。想想看，当你被那扭曲的水管紧紧环绕，仿佛成了断臂维纳斯的现代版，你被水管裂缝中的细水柱砸了个劈头盖脸，别提多狼狈了。可你并没有太多怨言，因为你确信你给所有的植物和土壤都带来了足够的滋润。就在你打算将水管收拾起来，回屋洗个澡、换身干净衣裳的时候，沙沙声又响起来了，这是怎么回事？原来，娇弱的花花草草又口渴了，水分渗进土壤里立刻无影无踪，它们又想要你给它们浇水了。

每到这个时候，园丁们都会发出共同的祈愿：“慈爱的上帝，下点儿雨吧！”

夏日炎炎，烈日下的大地被炙烤得滚烫，一丝风都没有，花草垂下了头，原本青翠欲滴的草坪已经变成了憔悴的焦黄色，人们踏上土地时，能够清晰感觉到土壤的炽烫程度。通常，接下来会发生的是：

第一种情况是，水管意外出现了破裂，无法使用了。

第二种情况是，自来水站出现了意外状况，无法正常供水了。

现在，焦头烂额的园丁彻底没了办法，这片小花园是他用心血浇灌起来的，可是现在，他连最基本的水分都无法输送给植物们。园丁诅咒着这可怕的天气，上帝却对此听而不闻。最后，园丁只好转变策略，他重新对上帝说起好话来，祈祷一场清凉大雨的来临。

“说说看，过了这段时间想去哪儿玩？”

“只要下场雨，怎样都行！”

“说真的，我不喜欢安哥利索夫先生，您说呢？”

“我喜欢雨，您说呢？”

对于园丁来说，有一个更好的办法可以帮他解决眼下的困境，那就是想象不久以后的将来。当夏天结束以后，秋天会是什么样子呢？那阴冷多雨的深秋，只要稍稍一想，潮湿的寒气仿佛就能钻进骨髓里，就算钻进被窝，也会瑟瑟发抖。哎，我都想象了这么多了，也该下雨了吧！

这段时间，不少花儿都会绽放，这应当算是酷热中仅有的一点儿慰藉了。瞧瞧那些美丽的玫瑰花、松叶菊、夹竹桃、百合、风铃草、铃兰……园丁在花丛中忙碌着，有时候给花儿浇水，有时候给花儿剪枝，如果你想要知道花丛里有什么新消息，问他准不会错！

有时候，忙碌在花丛里的园丁会沉醉其中，他不禁思索：这些花儿简直就是女神的化身。她们盛开时多么娇嫩，多么值得人们艳羡，而她们又是多么高洁，多么不染尘俗啊。上帝究竟有着怎样的一双巧手，才能创造出这样耀目的万物？即使到了花儿凋谢的那一天，华彩褪去，那些愚昧的群众叹息着摇头走开，我还会痴痴地望着她们呢！

的确如此，就算到了花园中万物凋零的时候，园丁也依然会站在那里，他陪伴着花草生长，当然也会陪伴着它们老去。

然而，花朵凋谢的时间比你想象的要早得多，就以迎春花为例，它们早在三月份就离我们而去了。

植物学专题

根据生长的地区，植物会被分成不同的大类，例如冰河地带植物、寒带植物、亚热带植物、沼泽植物等。除此之外，植物的分类方法还有很多，例如品种分类法、发现地分类法等。

如果你仔细研究过植物，你就会发现，植物的生长地区相当有讲究，生长在咖啡店、肉店、火车站附近的植物有着截然不同的性情，就连教堂旁与大学校园中的植物，也是大不相同的。瞧，特产店门口的植物几乎都是没有生命的假花。结合刚才提到的植物地质学，我们可以这样猜测：

火车站植物包括月台植物和站长花园植物，这两种植物之间是泾渭分明的。前者以篮子作为它们的家，总是高高在上，分布在路灯边、屋檐边和窗边，代表植物是甘草、天竺葵、秋海棠、半边莲等，它们往往都自诩不凡。

而站长花园里的呢，多是一些平平无奇的植物，什么玫瑰啦，三色堇啦，忍冬啦。

另一种分类方法是信号亭植物和铁路植物。信号亭植物有一种优点，它们大多极为鲜艳：木槿、野蔷薇、向日葵、大丽花、紫菀……这些花儿的颜色都很美丽。而后者基本都是些其貌不扬的野生植物，包括金鱼草、百里香、牛舌草、毛蕊花这些小家伙。

肉店附近的植物以非洲天门冬和仙人掌科为主。要是能看到种植着南洋杉或者报春花的小花盆，那么你很幸运。

再谈谈饭店植物吧。这里既有夹竹桃长在门前，又有吊竹梅长在窗边。如果我们在农家乐享受朴素美食，或许会看到极具特点的瓜叶菊，大酒店则恰恰相反，我们可以发现龙血树、秋海棠、无花果、各色锦紫苏分布在酒店周围。用文人的口吻来说，这简直就是“热带雨林赠给我们的一个甜美怀抱”。另外，我们享受下午茶时，会看到郁郁葱葱的叶兰、牵牛花、常春藤、月桂等。

当然，也有些地方没有植物的点缀。例如：面包店、杂货店、文具店、服装店、兵工厂……我们很难在这些地方看到植物。

而在办公室里呢？天竺葵恐怕就是唯一的植物了！死板的办公族会扼杀掉其他植物生长的可能性。邮局、电报局、税务局……这些官僚机构基本都是如此。相对而言，我还是更喜欢观赏铁路附近的植物。

对了，还有一种我们尚未提及的植物，那就是墓园植物。在墓园里，墓碑的周围，盛开着夹竹桃、月桂、棕榈、叶兰……这些植物无声地表达着怀念与哀伤。

富裕人家侍弄的植物和穷人家的也截然不同。富人们照顾花草的时间太少了，他们的生活被工作和游乐填得满满当当，自然，他们的花草就比不上穷人家的花草。

植物和生长地区之间的奥秘究竟是什么呢？我很难用精练的语言概括出答案。当我探寻出人们热爱倒挂金钟、西番莲、仙人掌的真正原因之后，或许我可以回答这个问题。

在此之前，还是让我们多看看世界上的植物吧。或许，每个人都可以是一种植物，每个国家、每个地区，都可以是一种植物！

八　月

在八月，许多人都会离开家，出门旅游避暑，园丁也不例外。尽管他曾经无数次发誓不会离开花园，花园就是他的度假胜地。但是，这一年夏天，园丁依然踏上了外出的火车。因为他内心深处依然有着对于外界的向往，他本质上依然是一个热爱冒险的人。当然，或许还因为他的邻居总是说些有关度假的畅想。然而，出门旅游并不完全是一件愉快的事情，各种各样的小事都会毁了他这一天的好心情。

虽然出门了，园丁仍放不下他心爱的花园。他不在时，花草能不能得到很好的照顾呢？为此，园丁找了好几位值得信任的亲朋好友，拜托他们照看植物。

“说真的，这活儿很简单。”他轻描淡写地说，“两三天看一次就好了，真的。出现状况随时写信告诉我，我会立刻回来的……谢谢你，谢谢你，每隔三天占用你五分钟时间就够了，真的。”

为他的花园找到临时监护人后，园丁踏上了旅程。可是第二天，这位临时监护人就收到了园丁的信。

“真对不起，我忘记对你说有关浇水的事。花园需要天天浇水，最好是一天两次。对了，还要捉虫，还要在清早专门清洗玫瑰枝条，雨后的打理也是很重要的。太谢谢你了！”

过了一天，又来了一封信。

“如果可以，请你帮我修剪一下草坪吧！我的割草机很好用，可它无法清理草坪死角，需要你动手修剪，修剪之后需要扎紧干草，理净草坪。当然，还请你别忘了大面积浇水！”

再过了一天，邮递员早早地送来了园丁的信。

“最近会有暴风雨吗？有的话，请你千万照看我的花园，我的植物们可经不起暴风雨的摧残！请你现在就去我的花园看看吧，可以吗？看看玫瑰有没有患上枯萎病，是否需要药物处理，再看看常绿植物是否已经被固定好了。这几天我过得相当愉快，这里的风景、温泉和周围生长的蘑菇都是我喜爱的。啊，你可以帮我浇浇家里的蛇葡萄吗？我想它们该渴了。我的种子也需要收起来。你修剪好草坪了吗？我想只剩下除剪刀虫的活儿了，你说呢？”

又一天过去，这位朋友已经对园丁的信见怪不怪了。

“我的朋友，我随信寄来了这边的植物种子，请你立刻替我种在花园里，今晚需要时刻关注种子的情况，并及时除草、除蜗牛。但愿我没有太麻烦你，但愿你会喜欢我的花园和所有的植物！”

不知不觉之间，这位朋友察觉到自己肩上的担子越来越重。他需要浇灌花园、清理草坪、杀虫、除草、侍弄植物、播种新收到的种子，就在他查看花园情况的时候，或许会发现有些花儿枯死了，有些枝叶掉了一地，草坪的模样也不太好看。“说真的，当初我为什么要揽下这个活儿呢？”他会这样问自己。可又能怎么办呢？只能希望日子赶快过去吧！

与此同时，园丁也不比他好受。园丁每时每刻都在担心自己的花园和植物，焦虑常常让他夜不能寐、辗转反侧。有时候，他甚至会埋怨自己的朋友：“为什么不写信讲讲花园的近况呢？这很困难吗？”埋怨了一会儿，他又翻开日历，计算着回家的时间。之后，他每天忙于采种子、写信、寄信、向朋友传授园艺秘诀。

终于，园丁风尘仆仆地回家了。他顾不得洗把脸，换身衣服，就匆匆冲进了花园，只看了一眼，他就心痛起来。

“这个蠢东西，这个懒东西，他是怎么对待我的花园的啊！”园丁在心里咒骂起他的朋友来，可他还是不得不向朋友道谢。随即，他一把抓起水管，哗哗地浇起水来，根本不在乎他朋友的感受。

“我怎么会信任你这个家伙呢！”他仍然在愤愤不平，“瞧瞧我可怜的花园，它受了多少苦啊！我以后再也不会这么做了！”

那些园丁专门带回来的宝贝种子呢？这可都是他费尽心思采到的野生植物种子。园丁很快发现，它们无法与花园里现有的植物和谐相处。

“倒霉，倒霉！”园丁叹着气，看向远处的马特洪峰和格拉霍夫峰，他忍不住幻想起来：要是能有一座山峰专门做我的花园，那该有多好啊！我会有一座森林、一条河、一片湖、一块田地、一片草原，这些地方都将种满各式各样的植物。至于海湾、哥特建筑、老树和喷泉也都不赖啊！再养上一群鹿或一群羚羊怎么样？肯定也不错！哦，我还希望这边可以种满白杨树，那边可以种满橡树，再有瀑布、山谷……

假如撒旦这时敲响园丁的家门，园丁一定会不假思索地和他达成交易，只为拥有一座非同凡响的花园。可是，这笔交易一定会让撒旦头疼不已，他会发现，他永远也无法满足园丁的全部愿望，到最后，他一定会暴跳如雷，对着园丁大声咆哮：“你这贪婪的人类！地狱不欢迎你，去天堂吧，笨蛋！”就这样，撒旦转身离开，而园丁依然在不停地咕哝着他的愿望。

当然，这里提到的园丁单指那些侍弄花草的园丁，换了那些在田地里耕耘的农民，情况就大不相同了，丰收的水果蔬菜会给他们带来无尽的快乐。

只有真正的园丁才知道八月的特殊意义：盛开的花朵即将凋谢，秋日的花期同样短暂。在夹竹桃、千里光、金光菊和向日葵的簇拥下，我们更应当珍惜这美好的时光。

在园丁的眼中，季节和时光的流转都有一种特别的诗意。在他们的心中，每一天都是值得期待的，每一天都是明媚春日，秋天的到来并不能影响他的乐观态度。时光轮转，花草发芽，生命永远欣欣向荣，这是那些懒汉理解不了的。对于那些生在秋季的植物，眼下就是它们的黄金时期，不必去想凋零和枯萎，只需要看看当前的生机勃勃。

时光如水一般流逝，永不停歇。

那些仙人掌爱好者

我把那些仙人掌爱好者称为“基本教义派”。他们对这种独特的植物怀有一种近乎狂热的热爱，简直可以称之为迷恋。可是，仅仅只是迷恋仙人掌还不足以被称作基本教义派教徒，真正的教徒，还会将仙人掌看作一种最高信仰。

种植仙人掌时，有的人会用大理石粉，有的人会用砖粉，有的人则说：“炭粉才最适合仙人掌生长。”

假如有人说：“该给仙人掌浇点儿水啦！”那么，这句话一定会引发一场大辩论。其他的仙人掌爱好者会纷纷站出来，坚决反对这一提议，他们坚称仙人掌根本无须水的滋润。争辩时，他们或许还会提及仙人掌土壤的问题。要知道，仙人掌专用土的配方向来是一个大秘密，每个园丁都会严防死守，不让外人窥到一星半点儿。所有的宗教、学派、术士、家族传人都自诩掌握着仙人掌最神奇的奥秘。

“你看看，你看看，你见过这样的多头仙人掌吗？没见过吧！让我告诉你它的培育秘诀吧——洒水就够了，千万别浇水。我只告诉你，你可别告诉别人。”

"什么，什么？"他的这句话立刻引来了同行的质疑，"我从没听说过这么可笑的事，给仙人掌洒水？它的叶柄很快就会变得一塌糊涂！听我的吧，朋友，把仙人掌花盆浸在23.789℃的软水里，隔六七天浸泡一次，准不会错！"

"别再胡说八道了！"另一个仙人掌爱好者嚷嚷起来，"你想让他把仙人掌种死吗？嗯？你种死多少棵仙人掌了？想想看吧，先生，把花盆浸湿以后，酸性就会一点点融入土壤，没几天工夫，你的仙人掌就会彻底腐烂了！听我的吧，想要仙人掌长得好，蒸馏水不能少，严格把控水量和水温是非常重要的。"

三个仙人掌爱好者争论不休，最后发展为互相推搡，拳打脚踢。但是这又能怎么样呢？难道在斗殴中取得胜利的那个人，他种出的仙人掌就是最好的吗？

我们必须承认，仙人掌是一种奇妙的植物，我们可以从中挖掘出不少秘密，这是玫瑰无法带给我们的体验。同样，百合、龙胆、蘑菇、兰花、睡莲、日中花也有这种与仙人掌类似的特征。它们到底有什么特别之处？我也说不好。可是，你就是会不由自主地陷入其中。

当我们仔细观察不同种类的仙人掌时，我们可以想起许许多多的东西：西葫芦、黄瓜、星星、爪子、骑兵、步兵……是的，仙人掌宛如自然界的魔法师，能变幻出无数奇妙的模样。有些仙人掌长得实在古怪，乍一看甚至会被人当成是动物或者刺刀，即使将这种植物送到上帝面前，上帝也会惊愕不已："这是我造出的东西？真的吗？！"

热爱仙人掌是完全可以理解的，但要想触碰它们、爱抚它们，那就真是打错了算盘。仙人掌遍身生刺，只要你靠近一步，它们就会毫不留情地向你发起进攻，并对你发出警告："来啊，想尝尝我的厉害吗？！"

即使是那些小个子的仙人掌，也绝不能小瞧，就算你手握剪刀或者斧子，也未必斗得过它们，它们会不断长出新的手臂，冲你挥舞着尖锐的刺。

然而，即使是最凶猛好斗的仙人掌，也会有改变性情的那一天。它们会收敛尖刺，绽放出轻柔的微笑——那就是芬芳美丽的仙人掌花，这种花儿绝不会沾染一星半点儿的戾气，相反，它们温柔而端庄。当然，要想看到这种花儿可不容易，你必须足够幸运。

此时，你或许就能深切体会到仙人掌爱好者的心情了。毕竟，谁能拒绝得了一株开花的仙人掌呢？如果他喋喋不休地向你夸赞着他的仙人掌，也请你忍耐些吧，毕竟，那可是一株开花的仙人掌啊！

第四章·秋季啊

九　月

如果你是一位园艺学家，那你一定会明白，九月在园丁们心中有着非凡的地位。这不仅是因为园丁的花园会开满紫菀、秋菊、大丽花和印度菊，也是因为园丁们可以亲手酿制葡萄酒，九月是让百花二度开放的月份。

同时，九月还藏着无尽的奥秘和深刻的涵义，大地会在九月再度敞开心扉。因此，在下一个春天到来之前，园丁们会迫不及待地想要再种些什么。于是，他们会急急忙忙地去找苗圃老板，希望能找到一些适合栽种的新品种，以便明年春天领先邻居们一步。我们必须承认，园艺学家们的研究给园丁们带来了多少快乐啊，让我们再次感谢他们吧！

在这个世界上，园丁和苗圃老板实在是最高尚的一批人了，他们没有不良嗜好、对政治不感兴趣、不喜欢冒险，因此，他们总是能巧妙地避开各种麻烦和纷扰，然而，他们的低调并不意味着他们希望被遗忘，只是因为他们更在乎那些种子和幼苗。对他们而言，能否买到最漂亮的玫瑰、大丽花或者苹果的种子远比外界的赞誉和关注更加重要。那些虚名对他们来说算得了什么呢?

在园丁的世界里，我们常常能见到体态丰盈的人。人们常常戏谑地说，这或许是上天的巧妙安排，因为胖园丁忙碌地侍弄小花儿的模样实在有趣，况且，胖园丁也会让我们想起温柔慈祥的“大地之母库伯利”。一位胖园丁在花园里忙活着，用胖胖的手指托起一瓣娇柔的花，这一幕怎能不让人感动呢?

园丁也是有脾气的，他们最讨厌景观设计师。而景观设计师也永远无法理解园丁，在他看来，园艺学只是一门手艺、一种工作，绝不是艺术或科学。这自然让园丁们感到不满，他们总会与这些设计师展开激烈的争辩。园艺当然是一门深奥、有趣的科学，难道不是吗?

当苗圃老板和园丁聊天时，内容绝对不同于五金店老板和园丁的聊天。当苗圃老板想随意观赏花园里的植物时，一旁的园丁会向他一一介绍：“这是十字花，去年向你买的，瞧瞧，多漂亮！”“可惜滨紫草早早就枯死了，这次给我介绍点儿新品种怎么样？”“我种龙胆都是用腐殖土，你说泥煤更好？不，我不相信。”“别提‘歌德’了，看看‘艾玛贝度’吧！就是那里的那株紫菀……”

经过一番探讨和争论，园丁最终选定了他要购买的植物，包括一棵新品种的庭荠、一株漂亮的飞燕草，他还多买了一只好看的花盆，尽管他觉得它有点儿中看不中用。别看他们刚才谈得热火朝天，一到了买卖问题上，照样丁是丁，卯是卯。就算苗圃老板没有刻意提价，这些植物也让园丁花了五六克朗。如果你遇到一个真正热爱花园与植物的苗圃老板，那就不是花费五六克朗就能解决的事了。他会喋喋不休地向园丁谈起他培育的新植物，等他们谈完，园丁或许已经不知不觉买了六十多种花儿。

在园丁与苗圃老板的谈话中，土壤是必不可少的话题。苗圃老板会埋怨花园里的泥土质量，强调自己根本没有时间培育土壤，那么，他的那些花儿为什么还能灿烂地盛开呢？或许，只能归结于他的幸运了！

这种话倒也不是空穴来风。园艺这事实在和运气分不开，如果上帝不愿意眷顾你，你再努力也是白搭。在我们这些普通人“有心栽花花不开”的时候，上帝的宠儿往往是“无心插柳柳成荫”的。我敢确信，这背后一定有什么神秘力量，就像人们捕获猎物或者治疗疾病时用到的那种力量一样。

每一个有梦想的园丁都希望自己能够培育出一种新植物。

究竟培育什么植物好呢？金色的勿忘我是不是很精致？如果我能培育出一种白色的龙胆，我相信人们会为此疯狂——就算他们认为蓝色龙胆更好看，可他们从来没见过白色龙胆啊！更何况，人们会本能地维护自家的花草，如果在世界园丁竞赛上，我们捷克的园丁培育出了一盆独一无二的捷克玫瑰，胜过了美国、法国的著名品种，这该是多么激动人心的事情啊。

对了，如果你现在还没有布置过花园假山，可要将这件事提上日程了！假山上的虎耳草、南庭荠和其他高山植物带给园丁的享受实在是太多了，更何况，布置假山本身就是件相当有趣的事情。

当你布置假山时，会觉得自己就像希腊史诗《奥德赛》中的库克罗普斯，力大无穷，可以随手抛掷沉重的石头，塑造出山峰、峡谷和丘陵。经过好一阵忙活，假山布置好了，你揉着自己酸痛的腰背，心满意足地检查自己的劳动成果……可是，这是怎么回事呀？这些杂乱的石堆是什么？和想象中完全不同！别着急，只要再过一段时间，石堆间隙的花草就能生长起来，它们将赋予这片空间全新的生命，并且带给你一个截然不同的假山花园。就是这样，快去布置它吧！

一叶落而知天下秋，紫菀和菊花纷纷盛开，这预示着秋天已经走近了。秋日的花朵同样繁盛动人，许多时候，我热爱秋花甚至胜过了春花！

秋日的花朵和春日的繁花截然不同，经过了岁月的沉淀，秋日盛开的花儿更加成熟优雅，带着独属于秋日的丰收意味，能够使人们更加懂得生命的意义。如果你还不相信，就看看风中飘落的黄叶吧，大自然循环往复的真谛，正是由花、叶告诉我们的。

大　地

过去有段时间，我母亲对用纸牌测算相当着迷。她时常闭着眼睛，口中念念有词，然后从厚厚的一沓纸牌中随机抽出一张。我时常听见她在那里嘀嘀咕咕：“我们脚下究竟有什么？”

当时我还小，还不理解脚下的东西有什么值得重视的。后来，我成了一名园丁，终于明白了母亲那句话的含义。我们脚下踩着的是土地，土地是最值得我们重视的。

然而，大多数人都不在乎土地。在繁忙的工作间隙，他们会仰头向天，眺望遥不可及的群山与云海。但是，有多少人会弯下腰，低下头，轻轻抚摩脚下的土地呢？几乎没有人会这样做。

说实在的，朋友，你应当好好侍弄一片小花园，甚至一块花圃，当你这么做了，你才能懂得土地究竟是什么。远方的群山和云海永远无法触碰，但是脚下的土地却是实实在在的。这些泥土有可能含有各种杂质，比如碎石和酸性物质，但同样有可能是柔软温暖的。这样的土地难道不值得人们赞颂吗？当你将种子种进土壤里的时候，当你轻轻抚摩着这湿润的土块的时候，你就会明白土壤对于人们的意义。

什么，你还是无法意识到土地的美丽？不如这样，给你几亩黏土，让你近距离接触一下它们吧！

黏土实在是一个不容易对付的家伙，它就像变幻无常的天气，你永远也不知道它会用哪副面孔来面对你。当你锄地时，它会变得软塌塌、蔫巴巴；当太阳出来时，它又会变得硬邦邦、黑漆漆；放到树荫下呢，很快就变得臭烘烘了！无论周围的环境是潮湿还是干燥，仿佛都无法让它满意，你想用工具来制服它？那简直是做梦。斧头、锄头、榔头……无论什么东西都无法令它乖乖听话！

最后，你只能放弃，这时你才意识到你永远无法与脚下的大地相抗争，人类是永远无法征服土地的。这种时候，你或许会对植物肃然起敬。毕竟，植物能够在这样的泥土里扎根生长，这份生命的顽强与力量，令人叹为观止。在此之后，你就会懂得敬畏土地，而不是向土地无限索取。

怀着这样的心情，慢慢地，你会掌握一些对付黏土的方法。你在黏土中掺入石灰，浇洒高温腐熟的肥料，在和肥料、石灰、日光、空气充分反应之后，顽固坚硬的黏土终于慢慢改变了，它开始碎裂，散成粉末，就算是那些相对完整的土块，只要轻轻一锄就会四分五裂。当你将这样的黏土抓在手中时，仿佛能听见它说，它愿意听从你的指挥。我可以负责任地说，没有多少人可以制服好几亩黏土，你完全可以为此而骄傲。那么，你该在这片黏土上种些什么呢？你思考的时候，或许会不经意地用手轻轻摩挲着泥土。种胡萝卜吗？三色堇吗？不，不，这片潮湿松软的泥土比一切植物都更加美丽。你几乎要嫉妒起这些植物了，你甚至希望自己能像植物一样扎根在此，长长久久地陪伴着这片独属于你的土地。

从今天开始，你就会对土地有着更加丰富的感受。你会不断伸手触碰土地，轻声对它说话，你懂得了人们对土地所怀有的最真挚的期待。当你走进一片森林时，首先你会被腐殖土的丰厚所吸引；当你走进一片田野时，你第一眼看到的也是土地的肥沃程度。在日常生活里，泥煤成了你关注的东西之一；你的新愿望全都和土地有关：腐殖土、沃土、各种各样含有肥料和河沙的土壤……

从此以后，你的目光会集中在树墩上的木屑、河底的泥沙、街道角落的土堆，磷肥和刨花你也会喜欢的，这些可都是好东西，能够给土壤带来营养啊！瞧瞧这些可爱的土壤：它们有的坚硬厚实，有的蓬松透气，有的颜色深，有的颜色浅，有的含有杂质，有的质地纯粹。不管是什么样的土壤，都是园丁珍爱的！至于那些贫瘠板结的土壤，则是大地留给人类的惩罚，永远提醒着人们，土壤对于人类的意义。

十　月

在一些人看来，十月意味着大自然很快就要陷入沉睡。这种看法正确吗？我们不如来听听园丁的回答吧。

“哪儿的话！十月意味着春天就要来了！”园丁这样叫起来，“十月可比你们想象中要好得多呢！种子会在地底开始酝酿生命，花叶也攒足了力气准备长大。不信？不信你就轻轻挖开土看看，肯定能找到刚出生的嫩芽，准叫你吓一跳！”

十月意味着春天的到来？这种说法肯定是你没想到的吧。

可是园丁们已经带着园艺工具匆匆出门了，他们迫不及待地开始了栽种工作。不过，他们的动作小心翼翼，生怕有一丝一毫的疏忽会伤害到土壤里那些脆弱而娇嫩的花芽。

在十月，园丁最重要的工作就是栽种和移植。尽管不久以前，园丁不断改变着花圃中植物的位置，但效果总是差强人意，要么稀疏得略显冷清，要么拥挤得难以透气。可是到了十月份，园丁走到花圃前，心里又开始念叨起来了：“我的花园看起来实在空空荡荡，不如种点儿夹竹桃？紫菀也很好……”一旦打定主意，他就又忙活了起来。园丁的行动力很强，他的生活也因此而充满了无尽的惊喜与变化。

说不定，园丁会在他的花园里忽然找到一块空地呢。他会感到又惊又喜：“这是怎么回事！我没有在这里种东西吗？我彻底忘记了？好吧，让我想想该怎样将这块空地种满吧，种一枝黄花？种蛇根草？种泡盛草？不，不，别着急，其实种点儿除虫菊和红蝴蝶花也相当不错。这样吧，种两株品种不同的马薄荷，再种一株萱草，就这么办！”

园丁一边走，一边琢磨，又在蔷薇、藿香和金鸡菊之间犹豫了很久，当他最终确定了要种的植物后，就立刻联系了苗圃老板购买花苗（在最后关头，他还在长长的订购清单末尾添上了牛舌草和鼠尾草），随后，他开始焦急地等待着苗圃老板寄送花苗，他坐立不安，不断在屋里踱步，还总是嘟嘟囔囔。终于，花苗寄到了，园丁雀跃地奔向了那块宝贵的空地，可是当他挖开土壤时，他惊讶地发现……

“这里居然有一株金梅草？是我种的吗？老天爷啊，我把这件事忘得一干二净了！”

这是园丁们经常会犯的错误，他们记不清自己种了多少花儿，可他们总是盼望自己能种更多的花儿！对于某些痴迷花草的园丁来说，他们热爱花草甚至超过了生命。对于鳞茎类花卉的崇拜者来说，郁金香、风信子、百合花、雪百合和水仙花就是他最挚爱的恋人；而对于报春花的信徒来说，报春花则是他们心中的女神，美丽而神秘；喜欢银莲花属植物的园丁会为了秋牡丹不顾一切；飞燕草教派的园丁会在花园里种满飞燕草……这样的情况还多着呢，还有热爱玫瑰的园丁，热爱夹竹桃的园丁，热爱菊花的园丁，热爱紫菀的园丁……根本没办法一一列举。

在这些植物的追求者中，最引人注目的就是仙人掌迷、大丽花迷和球茎类植物迷了。在前文中，我们已经详细介绍了仙人掌的爱好者，而大丽花的信徒也不输他们。一旦听说某个新品种的大丽花上市，他们就会不顾一切地高价购入。至于那些球茎类植物的爱好者呢，他们坚定地追随着手捧圣母百合（或是布朗百合）的圣约瑟夫，并以此为骄傲。毕竟，手捧其他花朵的圣人不多。无论他们热爱的是哪种植物，那份热爱都如同信仰般虔诚无比。

有些时候，其他花朵的爱好者也会感到愤愤不平：为什么我们中就不能产生一位圣人呢？这样吧，我们立刻讲述一个有关大丽花爱好者乔治的故事。乔治是一位勤劳踏实的园丁，他怀着虔诚的心，无数次祈祷着能够种出美丽的大丽花，上帝满足了他的愿望。可就在大丽花盛开的那一天，军队包围了乔治的家。这是为什么？原来，国王疯狂迷恋夹竹桃，在他的眼中，其他植物的爱好者全都是邪教异端。

“我命令你立刻宣誓忠诚于夹竹桃！”国王向他吼道。

“不，那是不可能的。”乔治坚定地说，“我永远热爱我的大丽花，你的夹竹桃在我眼里一钱不值！”

暴怒的国王命令士兵逮捕乔治，将他处死。乔治的鲜血流在了花园中，令人惊讶的是，在这鲜血浸透的土壤中居然长出了数不清的大丽花，新月型、绒球型、星型……让人目不暇接！

其实我想说，秋天是最适合植物生长的季节了，秋天的植物能把春天的植物甩出去几条街。不相信？那就让我来问问你，春天的紫罗兰能长得比人还高吗？郁金香呢？如果你不相信，就请你试试看，要是你在初春时种下几株秋紫菀，等到了十月份，秋紫菀绝对会长成一片郁郁葱葱的密林。向日葵也是一样，秋天的向日葵足能长到两米高，让你伸长胳膊也够不着。

每年到了尽头，园丁都会徘徊在他亲手种的绿植之间，俯瞰着他的帝国，频频点头道："很好，很好，我对我的花园非常满意。"次年，他还是会这么说。园丁永远不会对园艺工作感到厌倦，他永远热爱着他的花园和植物。

对于园丁来说，花园不仅是他的工作场所，更是他的家。

论秋天的美好

关于秋天，我们可以从无数个角度来谈论它。我们可以谈谈那些花木间缤纷的色彩，或者说说墙脚垃圾堆里的那只青蛙，或者是探讨逝去的亲人是否会化成星辰等无关紧要的话题。瞧瞧我的花园，憔悴的紫菀和玫瑰多让人心疼啊。秋夜里的孤灯总会让我想起墓园、枯叶、烛泪，以及许许多多令人难过的事情。

啊，不要再想下去了，亲爱的朋友，让我们谈谈那些使人开心的事情吧。你熟悉捷克的农作物吗？在捷克，秋天丰收的甜菜无疑是最讨人喜欢的东西了！

捷克的甜菜产量大大超过了其他的农作物。一般来说，农民会将小麦运进谷仓，将土豆封存进深深的地窖，可是，甜菜就完全不同了。各家的男人总是忙忙碌碌地穿梭在田野里，弯腰摘下那些白色的菜球，将它们整整齐齐地摆放在火车站边，堆成小山。随着汽笛声呜呜地响起，火车很快就运走了一大堆站台上的甜菜，但农民们并未停歇，他们很快又运来了新收割的菜球，一座新的甜菜山又堆起来了。这些甜菜会被货运火车送往糖厂或主妇的厨房，捷克各个地方的人都在翘首等待着它们的到来。

丰收的甜菜实在是太多了，它们密密麻麻地排列起来，高唱军歌，仿佛是一支训练有素的队伍。如果你能从半空中俯瞰这幅画面，肯定会感觉到惊诧与震撼。想象一下，唯有了不起的园丁才能培育出这样优质的品种，只有勤劳智慧的菜农才能种出这些数不清的甜菜！堆成小山的甜菜就像一枚枚亮晶晶的军功章，彰显着菜农的辛勤付出与成就。任何一位菜农都会感到无比荣耀，这份成就感独属于甜菜，即使你种出了小山般的土豆，只怕也无法得到类似的快乐。甜菜是秋天里独一无二的农作物，无论什么蔬菜水果都无法代替它。看看车站上的甜菜山吧，这是土地赋予我们的宝贵礼物啊。

因此，我要在这里高声赞美秋天，赞美她的慷慨、富饶、美丽与默默无闻!

我们再将话题转回来吧，或许你没能拥有广袤的田野，你也没办法用菜农的方式处理甜菜，但你一定懂得如何种植植物吧？那就足够了，你一定懂得肥料对园丁有多么重要。在秋天，工人们会运来满满一车新鲜肥料，而你会眉开眼笑地迎上去，兴奋地搓着手，围着肥料车走来走去，嘴里还情不自禁地念叨着：

“看在上帝的分儿上，瞧瞧这肥料的颜色吧，闻闻这肥料的气味吧！这简直是我最喜爱的礼物，再没有比这更好的了！”你的喜悦之情溢于言表。

但是一小会儿之后，你就会犯嘀咕了：“唉，只有一点美中不足，浓度太低了……”

“稻草含量也太多了，要是再加点儿粪肥，那就称得上完美了！”你围着肥料车转悠两圈，很快开始批评起它来。

“你们啊，根本不懂得园丁工作的意义，所以你们才会怕脏，怕臭，巴不得远远地躲开，你们这样的人，真是不配说自己喜欢园艺！照我说，你们要是不懂得欣赏粪肥，就干脆不要踏进花园里来，这根本不是你们应该来的地方！”最后，你会气愤地批判那些自称是园丁的外行人。

等到施肥工作结束，你便可以悠然自得地坐下来，享受那份来自内心深处的满足。施肥是一项能够带来成就感的工作，对所有园丁来说都是这样。

深秋来临，树叶纷纷掉落。放眼望去，四周的树木全都光秃秃的，有些像家里用旧了的扫把，有些像是建筑工地上的支撑物。随着冷风吹过，又有几片残存的叶子飘落。可是，深秋的落叶就代表着生命力的逝去吗？绝不是这样！战壕里最后一位士兵依然牢牢地攥着他们的军旗——植物是永不言败的，来年春天，它们又会焕发出崭新的生命力！

枝头的菊花依然绽放着独属于它们的风采。可是，这些花儿脆弱得仿佛一阵风就能将其吹散，让人不由自主地产生怜悯之心。小花儿，你觉得天气太冷了吗？晨雾太浓了吗？倾盆大雨是不是会冻坏了你呢？但我相信，你不会惧怕这一切的，只有人类才会对大自然不断抱怨，而花儿会战胜一切不利因素，绽放出最美的那一面。

有时候，春夏秋冬的交替会改变人们的想法，甚至会改变人们的信仰。

比如，天气炎热的时候，主张人定胜天的人会相对增多，在他们看来，人类也是大自然的一部分。但是春去秋来，气温一天天下降，人们不得不向大自然低头，这时候他们又不得不承认，自己只是普普通通的人，需要上苍的眷顾。人们燃起炉火，向神灵祷告，祈祷自己和家人能够得到保佑，平安度过寒冷的冬天。人们始终深爱着自己的家人，正如他们深爱着阳光雨露、满天星辰一样。

第五章・准备过冬

十一月

我们在生活中，能够遇到许多从事体面职业的人，比如那些为媒体撰写新闻的人，进入政坛为民服务的人，西装革履地出入高楼大厦的人，唰唰地签署官方文件的人，这些人看起来都光鲜亮丽。可是，如果让这些人和园丁站在一起，那可就高下立判了。因为，一名园丁的工作状态一定远远胜过他们。瞧瞧吧，这位园丁结束了一天的工作，从花圃里直起身子来，铲子随意地插在土壤里，他的脚踩着铲子边缘，气喘吁吁地擦掉前额的汗水。“呼！真累啊！”他这样感慨着，人们能从他身上看到无数个伟大劳动者的影子。假如他能整理一下衣领和袖子，将泥土拍打干净，那么，我们就能看到一位“园艺领袖”或“大地代言人”了。我这样说是完全有根据的，因为十一月恰好就是最适合锄地的时候，而这位园丁，正是这片花园里最辛勤、最敬业的耕耘者。

十一月，所有的园丁都带上了他们的铲子，开始频繁地与土壤近距离接触。他们不断地挖土、翻土，这项工作做起来让人上瘾，因为

土壤是有魔力的——聪明的园丁懂得如何培育土壤。他们培育出的土壤简直是一件完美的艺术品，不会太潮湿、不会太粗糙、不会太贫瘠干燥、也不会营养过剩。温暖柔软的土壤仿佛是面包师精心烘焙出的西点，当你抓起一把土壤时，就能够感觉到细细的沙砾从指间簌簌落下。当你使用铲子翻土时，假如能听到“喳、喳”的动静，就证明这块土壤可以与空气充分接触，水分可以快速渗入其中，滋润其中生长着的植物。总之，这块土壤是洁净的、纯粹的、是十全十美的。想要得到这样一片优质的土壤，比交到一位知心的朋友更加困难。我敢打赌，就算是上帝，也很难在伊甸园里找到这样一片完美无缺的土壤！

快醒醒，懒虫！你以为秋天就没有园艺工作吗？那你可错了，这段时间，有移栽植物的工作等着你去做。首先，你需要将树丛附近的土壤彻底翻一遍，如果你没有掌握诀窍，用力太猛，你的铲子很容易就会从中掰断。

我经常听到一些自以为是的学者或评论家发出关于植物根系的议论。他们特别喜欢提有关“根”的话题，什么叶落归根啦，斩草除根啦，都是他们挂在嘴边的话。其实，他们真的懂得“根”是怎么一回事吗？只怕未必！如果你找到一棵生长了三年的树，让他们设法拔出这棵树的树根，他们肯定会一筹莫展，因为这棵树的根已经深深扎进地底，很难再被撼动了。说实在的，我很想看看历史学家、音乐家与政治家兹德涅克·内耶德利先生会如何解决这一问题，说不定他弓着腰呼哧呼哧忙活老半天，最终依然一事无成，只能气哼哼地叫道：“该死！”

我可是植物根系的老朋友了，很久以前，我的工作是和树木密切联系的，可是我很快就发现，这不是一件简单的工作。如果你想要帮助植物生长，那就让它们安安静静地待在土壤里吧，这绝对是一个明智的选择。它们会在地底不断扩大根系，人类无须过多干涉，只需专注于培育更肥沃的土壤，植物自然会找到合适的生长方式。

培育土壤可是一件有趣的工作，尤其在十一月这样寒冷的天气里，一车带着热气的新鲜肥料带给人的幸福感是无可比拟的，我敢确信，就算是上帝见到这车肥料，也会禁不住赞叹："真是难得的好肥料啊，好肥料！"

现在，我们不妨来讨论一番跟生命力有关的秘密吧。如果你用燕麦喂饱了马，新鲜的马粪就可以滋养土壤，种植出康乃馨与玫瑰。等到来年花开满园的时候，人们一边享受芬芳的花香，一边感谢上帝的恩赐，却没有意识到肥料在这其中起到的作用。园丁可不一样，在那车肥料出现的一刹那，聪明的园丁就从这些热腾腾的肥料里看到了花儿的影子。他一边畅想着繁花盛开的景象，一边兴冲冲地干起活儿来。他将肥料施在花园里的各个角落，不会漏过任何一寸土壤，也不会漏过任何一株植物。

"来吧，我的宝贝儿们，用餐时间到了！可爱的玫瑰姑娘，你喜欢今天的肥料吗？你肯定会喜欢的吧！白菊花小姐，这是属于你的那份儿！快来，夹竹桃，我不会忘记你的。喏，我专门用稻草给你准备了新家！"

话说回来，你们为什么要对肥料敬而远之呢？难道是因为气味？

可这种气味明明让人愉悦得很啊！

在十一月，我们还有几项重要工作要做呢！瞧吧，秋霜过后，我们很快就要在花园里铺上一层厚厚的绿地毯，地毯是由树木枝条织成的，包括玫瑰花枝、松树树枝等，花圃中会弥漫着令人安心的植物香气。工作结束后，园丁们迈着疲惫的步子离开花园时，很有可能落下了铲子、水管、小刀等小工具。不过别担心，等到来年春天，挪开堆放着的枝条以后，我们还是能在花园的角落里找到那些东西。

别以为这样工作就算结束了，那些花儿还在等着园丁们照顾呢！紫菀花在风中微微摇曳，樱草花和紫罗兰也在尽情开放，如果有人认为十一月不是赏花的时节，那可就大错特错了。来自中国的菊花完全能够对抗冷风，展现出缤纷繁盛的一面，枣红色的、金灿灿的、洁白的、石榴般红嘟嘟的……简直令人眼花缭乱。花丛里少不了玫瑰，尽管气温一天比一天低，玫瑰依然俏立风中，只为完成今年最后一次盛开。

除了花园里的花朵，枝头上的叶子也值得我们静心欣赏。深秋时的叶子最是缤纷美丽，火红的、深紫的、橘黄的、艳红的，这些浓墨重彩的颜色共同组成了我们的深秋。即使叶子落尽，那些深黄色、深红色的树干也展现出一抹抹特别的颜色。另外，别忘了圆鼓鼓的小浆果啊，红、黄、蓝、黑等各式各样的果子，都是只有在秋天才能赏到的。因此，别再说什么“秋冬没有生命”啦，就算到了寒冬腊月，花园里依然是蓬勃向上的，不信，你就瞧瞧那些松柏树、紫杉树和冬青树吧，它们依然在不断地结果呢。自然界里的生命循环往复，就算在冬天，也未曾停止。

这样你就能相信了吧，植物永远不会丧失生命力，即使严冬到来，万物沉睡，这也只是季节在交替，而不是植物在死亡。生命所蕴含的能量远远超出我们的想象，我们绝不能小觑它。

而你呢，就算没有一片属于自己的花园，你也依然可以感受到自然与生命带来的魅力，秋日的植物始终是令人沉醉的。你捧回一只小花盆，小心翼翼地种下风信子或郁金香，几个月之后，它们究竟是会发芽开花，还是会被冻死在寒风中？没有人知道。也许你会选择这么做：先买来一些球茎类植物的种子，再向你熟悉的园丁要来一些堆肥土，再往后就是翻箱倒柜，找出家里所有的旧花盆，将球茎种在花盆中。如果有多余的球茎种子，怎么办？为了不浪费种子，你只能出门多买几只花盆、几袋堆肥土了。可是，你很难将花盆和堆肥土的数量把握得恰到好处，这下，种子又不够了。你一趟一趟地跑出门，一趟一趟地带回来种子、花盆、堆肥土，这项工作好像是没有止境的！当家人喝止你时，你已经将窗边、书桌、柜子、顶楼、杂物间、地下室堆满了花盆，你在房子里走来走去，不断检查着花盆里的种子，满心期待着冬天赶快到来。

冬眠的真相

事实已经摆在了眼前，人们可以清清楚楚地看到，万物陷入了沉睡，冬天到来了。桦树叶子纷纷从枝头飘落，伴随着轻轻的叹息声，回到了土壤的怀抱。光溜溜的树干沉默地伫立在大地上，它的身影显得孤独而坚韧。这个时候，土地也一言不发，寒冬也使它变得沉默了。园丁站在自己的花园里，向这一年种植的所有植物告别：菊花姑娘啊，明年可要早点儿开花！亲爱的委陵菜，别再闹着要发芽了，现在可是冬天呢。等到明年三月，我再来陪你长大。睡吧，睡吧，我的小宝贝儿们，冬天来啦，到了你们睡觉的时候啦。

什么？睡觉？为什么一到了冬天，植物就要开始睡觉呢？其实，它们可不是睡觉，人们往往将这种情况称为“冬眠”，那么冬眠到底意味着什么呢？只怕没有人能说明白。我们很少会仔细观察冬眠中的植物，更不知道寒冬腊月的地下世界是什么样的。在大自然沉睡之后，地下的植物根系也会随之沉睡吗？答案是否定的！看吧，植物根系的生长速度肯定会令你大吃一惊！它们不断扩张地盘，将根须伸向四面八方，确保这棵大树能够屹立不倒。一般来说，灰扑扑的植物根须几乎不会引起人们的注意，可是到了地下世界，情况可就变得完全不同了。如果你不相信，那就看得再认真一点儿吧，这些根须盘根错节，一直延伸到了地底深处。如果你静下心来，一定能听到植物根须吹响的冲锋号。在这样的攻势下，土壤又怎么抵挡得住呢？很快，随着战线推进，夹竹桃和风铃草加入了战斗，别担心，它们都能搞定的！我们没有太多时间浪费在观战上，我们必须前进。

如果你拨开厚厚的泥土，也许你会看到一些饱满可爱的植物嫩芽，可见它们在冬眠时也一点儿都不肯闲着呢，那生机勃勃的模样真是让人心生欢喜。我们要问问那些假装沉睡的植物，你们在睡梦里还能不断繁衍生息，看来你们的睡眠质量相当不好，我该如何帮你们呢？随后，你恍然大悟，原来所谓的植物冬眠只不过是个幌子，实际上，植物的繁衍依然在轰轰烈烈地进行着。尽管地面上的花叶已经凋零落尽，可是在广袤的地下世界，冬天并不代表着沉睡和停工。相反，如果没有冬天的沉淀，春天所带来的温暖和繁盛就要大打折扣了。瞧瞧，新生的茎干正在四处生长，它们期待着能够给来年三月的赏花人带来一番惊喜。植物们七嘴八舌地议论起来：“看看我们的未来是什么样子吧！”“地基和下水道也许会对我们的生活有些帮助！”“举起你的铲子来！别让这些硬邦邦的土块挡了我们的路！”总而言之，秋天、冬天的萧瑟只不过是一种用来迷惑观众的假象，实际上，这个时候的园丁总是忙忙碌碌的，他一心想着应该如何让春天到来得更早、更好。

在我们看不见的地方，土壤中的新芽依然在坚持不懈地生长着，球茎植物的顶端鼓起了小小的包，那是它正在好奇地探出头来，瞧瞧这神秘的地下世界。这就是花儿生长的源头吗？人们都说春天是繁花盛开的季节，谁知道早在秋冬天，它们就开始酝酿生命了呢？从这个角度来说，秋冬并不是一年的尾声，恰恰相反，是一年的开始。尽管我们会在秋冬季节看到黄叶飘落，可是，落叶之后迎来的难道不是新芽吗？秋冬之际，万物似乎都在沉睡，然而，这也同样意味着万物初生。这些脆弱的新芽正在无声地积蓄力量，等待着春天来临，一鸣惊人。因此，我们千万不能相信自然界的障眼法，所有的凋零和枯萎都是假象，春天已经在路上了，很快，大地万物又会展现出勃勃生机。

“花花草草都开始冬眠啦！”我们这样随口说着，却根本不知道大地之母在土壤深处洒下了多少辛勤的汗水。她虽然放下了门板，拉紧了窗帘，却从未停止她的工作。土壤深处的仓库里摆满了花草幼苗，应该让哪棵植物最先破土而出呢？真是让人难以抉择！大地之母想让花草们井井有条地生长，可就算将日期排到明年四月，还是有很多花草排不上号呢！春天并不远，那些藏身在土壤中的嫩芽就预示了春天即将到来，我们和它的距离如此之近，却常常意识不到它的存在。所以，不要再紧盯着冬日的凋敝了，将目光投向远处吧，在不远的将来，新芽会纷纷冒出地面，枯木逢春，繁花盛开，很快又是美好的一年了。到那时，我们一定会嘲笑自己在冬天时的胡思乱想。请相信自己，相信大自然的生命力。

十二月

一年即将踏入尾声，这个时候，园丁总算能够歇歇了。在过去的一年里，他一直都在忙碌着，翻土、除草、培育土壤、施肥、播种、浇水、除虫、修剪枝叶、移植、分植……还要在植物周围铺满枝叶或泥土，这都是他的活儿。现在，一场纷纷扬扬的大雪落下，花园被厚厚的积雪覆盖，园丁才恍然意识到，自己竟从未停下脚步，好好地欣赏这片由自己打造的花园。现在，园丁终于可以悠闲地在花园里走一走，欣赏他的植物了。过去的一年，园丁永远都是行色匆匆的：夏天，他踏进花园时，满心都惦念着龙胆花，可是没走几步，就被花园里的杂草吸引了；当他结束了锄草工作，打算仔细看看自己的飞燕草时，却想替它搭个完美支架；紫菀盛开的时候，他忙着给各式各样的植物浇水；当夹竹桃花期到来时，他又开始忙着除草、除虫了；玫瑰花绽放了，园丁总算不用忙活了，可他是在认真欣赏玫瑰花吗？并不是，他正在琢磨着如何修剪枝叶呢；再往后，菊花开了，园丁又开始挥动着铲子不断挖土了……没错，园丁没有一刻钟是可以真正静下心来赏花的。别再忙活啦，朋友，打理花园的工作是没有尽头的，为什么不舒舒服服地坐下来，好好看看你这些漂亮的花儿呢？

现在，总算到了欣赏花园的时候了——不，等等！园丁摸了摸脑袋，他说：“我总觉得我忘了点儿什么事……对啦，我得赶紧处理那些硬邦邦的泥土，还有一株矢车菊，我得给它找个家。唉，请你自己在这里坐坐吧，我要赶快去干活儿了，否则等雪下得大起来，可就来不及啦。”我亲爱的朋友，你能不能放下手边的工作，好好欣赏欣赏你的花园呢？

这株蔫头耷脑的石松被积雪埋了一大半，这是蓝色耧斗菜剩下的半截花梗，这些破破烂烂的叶子是什么？哦，原来是泡盛草……可惜，这片花圃是紫菀的家，还有那儿，过去生长着金莲花。要是我们拨开这里的积雪，肯定能找到石竹，相信我吧，我敢打赌。你问那一株植物？是海棠吧，我认为那是海棠。

太冷了，我的手脚都要被冻僵了。唉，在冬天欣赏花园，根本就不是一个好主意。

这样吧，让这些植物继续沉睡在厚厚的积雪下面，安静地冬眠。接下来，我们应该回到自己的屋子里做我们能做的事了，烤烤火，看看书，好好整理接下来的计划，毕竟，花园里的事再也不需要我们担心了——不，等等，所有的植物都盖上了树枝和泥土吗？剑兰会不会被冻坏？白牡丹呢？上帝保佑，可千万不要让山桂被压坏、不要让杜鹃被冻伤啊！我得事先做好准备，万一亚洲毛茛没办法正常长大，我就要换换品种和种植方法了……嗯，我应该找苗圃老板问一问……

在这个大雪纷飞的冬天，园丁再次翻开了他的《园艺手册》，他眯着眼睛，费力地在书页条目之间寻找那些植物。他翻开一本本植物年鉴、教科书、笔记本、小册子，嘴里不时地低声呢喃：

“啊，原来世界上还有这种最罕见、最动人、最为重要的植物，我还没有种过呢……”

“什么！原来我现在种的植物都是脆弱怕冷的吗？啊，糟糕，我居然把喜湿的植物和喜干的植物种在了一块儿，我一点儿都不知道……真是的，原来我最宝贝的那些植物应该种在阴凉的地方吗？我可真是个彻头彻尾的笨蛋！”

“让我看看这些最新培育的品种，居然有这么多园丁认为它值得推荐，我看我的花园里也应该种上一两种——哦，这里足足有三百七十多种呢！”

厚厚的《园艺手册》逐渐翻完，园丁的情绪也越来越低落，他应该怎么办呢？开春之后，他悉心养护的那些植物会不会死于霜冻、死于霉菌、死于潮湿阴冷或者死于炽烈的阳光呢？这不成，必须提前想想办法！园丁皱紧了眉头，开始冥思苦想。

可是，想着想着，他就不由自主地走神了。就算能够顺利避开那些倒霉事，他还是觉得不满意，毕竟，有那么多“顶级珍品植物”都是他闻所未闻、见所未见的啊，这种未知的诱惑使他心绪不宁，坐立难安。从这天开始，园丁对于自己花园里的植物就没那么上心了，他心里满满当当都是那些“顶级珍品植物”，他不停地翻阅各种各样的《园艺手册》，一一圈出他喜欢的植物，要是没有这些植物，他的花园怎能被称为花园呢？最后，他总共圈出了四百九十种植物，他下定决心要把它们全都买下来！

不，不要冲动。园丁做了几次深呼吸，冷静了一会儿后，再次检查了一遍他的心愿清单，他强忍着心疼，将一些暂时不会种植的植物划去。他不断思考，不断权衡，最后将清单上顶级珍品植物的数量减少到一百二十种。他捧着这张宝贵的清单，激动地给苗圃老板打电话："我希望能够尽快收到这些植物，对，三月份，要是能更快一些就更好了！"唉，现在离三月还早着呢，可是，园丁觉得他一天都等不下去了！

是的，园丁现在已经明显丧失理智了，他根本不知道自己的决定究竟意味着什么。等到来年开春收到植物幼苗的时候，他就会发现，自己的小花园里根本没有地方种植它们，仅剩的几块小空地，还是在篱笆后面的角落里，那里勉强能种几株植物。

现在，园丁完成了所有的冬季工作，开始觉得百无聊赖了，他在屋子里转了好几圈。还有多久才能到春天呢？园丁每天都会数一遍日子。三月啊三月，你实在来得太慢了！园丁等不及了，他决定将开春的日子提前至二月中旬，这也有些道理，"二月春风似剪刀"，难道不对吗？可是，二月依然远得不像话，在这漫长的等待里，究竟应该做些什么呢？园丁有时跳上沙发，有时缩进躺椅，他想，自然界里许多动植物都需要冬眠，或许他也可以尝尝冬眠是什么滋味。

半个多小时过去了，园丁没能成功开始冬眠，他躺在长椅上发愣，蓦地，一个绝妙的念头闪过了他的脑海——他现在依然可以种花，他可以在屋内的花盆里种花！对了，对了，以前怎么没想到呢？他能种下数不清的热带植物：棕榈、龙血树、君子兰、秋海棠、红脉葵、天门冬……这间小屋就能化身为赤道上的一片丛林，藤蔓、报春花、风信子、仙客来都可以和这些热带植物和谐共生。园丁越想越兴奋，在他眼中，此时的客厅已经不再是客厅，而是茂密的热带雨林了。他跳了起来，冲向街角花店，将花店里所有的热带植物一扫而空。

抱着满满一大堆热带植物，园丁回到家中，可是，他又犯难了——当他把花盆摆在屋里时，他怎么看都觉得不对劲，他的小屋并不像所谓的热带雨林，反倒像是个不伦不类的陶艺花盆店。他的妻子不同意他在窗边堆满花盆，因为这样会妨碍通风，他想将花盆放在楼梯附近，也遭到了拒绝，因为这样会使楼梯附近湿漉漉、脏兮兮的。

无论园丁恳求或是威胁，他妻子的态度都相当强硬，园丁最后只能宣告投降，在呼啸的冷风中，将他的热带植物一盆一盆地搬走。没办法了，他的小屋注定和热带雨林无缘。

园丁将这些花盆全都搬进了地下室，他安慰这些小家伙："放心吧，你们住在这里，起码不会吹到冷风！"可是，来年开春，园丁就匆匆忙忙地冲进花园，没日没夜地工作起来，将这些地下室里的热带植物彻底抛在了脑后。等到下一年的冬天，他或许又会拍拍脑袋，冲进花店买些不一样的盆花，再次试图在他的小屋里培育出一片热带雨林。这也说明了大自然的生命力永远是蓬勃向上的，只需要看看园丁，我们就可以确信这一点。

论园艺生活

有这么一种说法：玫瑰是由岁月浇灌的。我认为这种说法有些道理，且不说玫瑰那美丽的花朵要等到六、七月才绽放，仅是那引人注目的花冠，便至少需要三年的时光才能成形。我们想掌握其中的生长规律，则需更为漫长的岁月。类似的说法，例如岁月浇灌了橡树，岁月浇灌了桦树——也同样成立。

我曾经见过一棵一人来高的黎巴嫩雪松，根据《园艺手册》的说法，这种雪松将来能够长到一百米高，要十几个人手拉手才能合围起来。如果真有那一天，可就太有趣了，想象一下，这棵和我一样高的雪松将高耸入云，而这是我通过劳动所换来的！真希望我能亲眼看到，哪怕我已经苍老、发福也没关系。

当然，门前的草坪也可以证明植物的生命力。你可以随手撒下草籽（别让它们被麻雀叼走了），十几天之后，嫩绿的草芽就冒头了。只需要一个多月的工夫，你就不得不修剪茂盛的草坪了。这种普通草坪还是比不上英国草坪，据我所知，培育英国草坪时有一些极其重要的诀窍，这是一位善良的英国乡绅告诉我的——许多年前，曾有一个美国暴发户敲开了这位乡绅的家门，向他求教如何才能种出平整茂盛、天鹅绒似的碧绿草坪，英国乡绅欣然说道：“这不难，我的朋友。首先，我们需要培育土壤，但是绝不能仅满足于浅层土壤，土壤的深度、均匀度、透气程度和营养程度都非常重要，还需要把握好泥土的酸度和干湿度，过于潮湿或者过于干燥都是不合适的。接下来，我们就可以压平土块了，要是能让土壤平滑如同桌面，那就再好不过了。然后，就可以把草皮种子种下去了，可别忘了天天浇灌这些小家伙，很快，小草就能发芽了。之后的工作就是修剪、浇灌、清理打扫、滚平草皮。注意，提高土壤和空气中的湿度，千万别让这些小草口渴。只要你日复一日坚持如此，三百多年之后，你花园里的草坪就是一块十全十美的英国草坪了！”

我真诚地邀请你加入园丁的圈子，和我们一起讨论各式各样的玫瑰品种，这难道不是一件有趣的事情吗？只有在这里，你才能知道玫瑰的嫩芽、花瓣、茎叶、花冠究竟有什么特点。而我们的研究范围可不仅仅是玫瑰，还有许多值得一探究竟的植物，足以撰写一份琳琅满目的清单：郁金香、鸢尾花、飞燕草、风铃草、百合花、康乃馨、紫罗兰、菊花、大丽花、夹竹桃、泡盛草、菖蒲、报春花、紫菀、芍药、银莲、龙胆、萱草、向日葵、虎耳草、毛茛、耧斗菜……除了最常见的品种，我们还会研究各式各样的变种和杂交品种，这些知识你在别处可是学不到的！而且，我们的目标还不止于此，我起码还想再研究几百种新植物，包括三到十二个变种。再说了，那些高山植物、水生植物、球茎植物、喜阴植物、常绿植物难道不让人着迷吗？那些石楠、羊齿、桂花难道不让人陶醉吗？假如将这些植物都加入我们的研究清单，啊，那可就有的忙了，想要将它们统统种植、观察、评测、研究一番，我们至少要花费一千，甚至一万多年！就算将清单里一些不太重要的植物划去，我们的研究时间也绝对不短。因此，别再虚度时光了，我的朋友，我们要做的工作可多着呢！当然，做园艺工作可不能三分钟热度，你要对你的花园负责任，你种的植物都是你的孩子，必须认真对待它们。在这方面，我没有太多建议给你了，相信我吧，坚持和汗水才是最重要的东西。

我想，我们园丁永远都在期待明天。我们看到了玫瑰花盛放时的美丽，便期待着明年能够再次看到这样的繁花；我们种下了一株细细的小云杉，便期待着几十年之后，这株云杉能够长得高大挺拔——要是我能够活到几十年后，我可真想看看这株小云杉，真想看看我的桦树林。总而言之，明天永远都是值得期盼的。一年到头，花园里的植物都长得郁郁葱葱，我们会发自内心地感谢上帝：又一年过去了！

第二部分 小狗米达的那些事儿

人们为什么要养狗？说到底，差不多有以下几种原因：

要么，他们希望引起周围人的注意，享受他人投来的羡慕的目光；要么，他们希望随时随地都能看到小狗的一举一动；要么，他们希望小狗能够陪伴自己、驱散孤独；要么，他们希望能够在遛狗的同时提升运动量；要么，他们的精力太充沛，渴望成为领导者，被小狗看成主人，从中得到满足与成就感。

我也不例外，也深受其中某种原因的驱使。我之所以想要养狗，坦白说，跟最后这一项是分不开的。我空闲时总是忍不住琢磨，如何才能成为世界的主宰者与支配者，如何才能领导一切动物、植物，乃至宇宙万物。直到一天早上，我被门铃声唤起，一开门，就看到一个人使出吃奶的劲拉着一根绳子，绳子的另一端拴着一只长着棕褐色毛发的小狗，这小家伙正在竭力反抗，说什么也不愿意被拽进我家。

“这就是我以前对你提过的，艾尔谷梗犬了。”对方喘着气，俯身把这个脏乎乎、毛茸茸的小动物抱起来，朝我的房间走来，“快去吧，米达！”

按理说，这只小母狗应该取一个正式的名字，这才符合它纯种狗的高贵血统，但人们似乎不愿意这么做，大家仿佛心有灵犀似的，都只是随意地叫它“米达”。米达跑得飞快，影子一晃，就再也瞧不见了，应该是一头扎进了桌子底下，因为我听到桌底传来了它的哆嗦声和难受的哼唧声。

“这只狗的品种可不多见，稀罕着呢！”对方很老练地说，随后就像是给狗找了个好归宿、给我找了个好活计似的，仿佛完成了一项重要任务，将这只狗交到我手中，便忙不迭地离开了。

在此之前，我从没想过“使小狗离开桌底”这项任务的难度竟然这么高。我曾以为，只要与它的视线平齐，对它动之以情、晓之以理，就能达成友好的沟通。事实上，我也是这么做的。我尝试用和蔼的态度劝说它、抚慰它、喝令它，乃至于用糖块来诱惑它，最后，我用上了撒手锏——学狗叫、摇尾巴，假扮同类来吸引它的注意，然而这一切都没能起到作用，我完完全全输给了它。当我终于意识到这一点时，我再也没有多余的耐心了。我一头扎进桌子下面，蛮横地抓住它的一只爪子，不顾一切地将它拖了出来。这实在是一种暴力的手段，我没想到我会成为这样的人。米达吓呆了，就像受到了极大的侵犯似的，它难以置信地蜷缩成一团，眼中充满了对我的憎恨。它在地板上留下了尿液，作为对我的抗议。

当晚，米达忍辱负重地睡在了我的床上，它漂亮的眼睛一直盯着我，似乎在说：“人类啊，我其实更想睡在床底下，这都是因为你！”

第二天一早，米达跑掉了，这一点儿都没让我感到意外。它从窗户的缝隙钻了出去，一位铺路工人发现了它，并好心地将它送回了我的家中。

散步时间到了，我用绳子拴好米达，带它走出家门。带着品种高贵的狗狗散步，无疑是一种愉悦的享受，我能感受到周围人们投来的羡慕的眼神，这可是难得的体验。

“快看，小狗！”一个年轻妈妈喊道，然后将米达指给自己的孩子看，“你不是想要看看小狗吗？”

“这不是普通的小狗，是血统高贵的艾尔谷梗犬！”我转头对她说道，心里略感不悦，因为她似乎低估了米达的价值。

但这还不是让我最愤怒的，真正惹火我的是这样的说辞——“哇，多精神的灵缇犬！可是不对劲，它为什么长着毛呢？”

米达总是我行我素，它只在乎自己怎么想，所以它经常会将我拖到我并不想去的地方。它的劲很大，而且总爱探索那些不寻常的角落，我根本拗不过它。我被它踉踉跄跄地拖过小土丘，被迫穿过一个臭烘烘又荒无人烟的垃圾场。我不得不与它搏斗起来，而这一切的结果，只能是我们同时拽着绳子往对方身上缠，几个路过的老大爷实在看不下去了，对我嚷嚷着：“别这么做！你使的劲太大了，这对狗不好！”

“在我的训练下，它也很有劲了。”我嘀咕着，话还没说完，米达已经再次拖着我往前方小山冲过去了。

我之前认为，人们之所以要养一只狗，是为了随时随地关注它们的一举一动。现在再想想，这真是太对了。关注小狗的行动，对人们来说有着非同一般的意义。正是由于这个原因，小狗走到哪儿，人们就要跟到哪儿，不敢移开视线，甚至不敢眨眼睛。人们对于自己的对头和小偷十分深恶痛绝，因为他们相信，这些人会伤害到自己的小狗。一般来说，“保镖”总是肩负着守护的职责，当我成为米达的主人之后，我也就自动成为了它的保镖。我甚至连觉都不敢睡踏实了，我担心一旦熟睡，米达就会被居心叵测的坏人偷走。不管米达做什么，我都要陪在它身边。如果要遛弯儿，那我们就一起去；如果要睡觉，那我就守着它睡，虽然手还在写着文章，可眼睛和耳朵仍然履行着保镖的职责，捕捉着可能存在的危险信号；如果有别的狗想要接近米达，那我简直要弓起脊背、威胁吼叫、随时准备发起攻击！每到这种时候，米达就会晃着它短小而毛茸茸的尾巴，向我投来安抚的目光，似乎在肯定我的所作所为，仿佛在告诉我：“我知道你会一直保护我。”

很多人选择养狗是为了排遣寂寞，可是照我看来，小狗不一定能帮你排遣寂寞，毕竟它们才是最害怕寂寞的。我就有这样的亲身经历。有一次我临时有事，不得不把米达拴在门口，希望它能安安静静地待一会儿，然而，米达生气了，它疯狂地抓挠、啃咬，以此表达自己不满的情绪，这还不够，之后好长一段时间，它都显得无精打采、兴味索然。后来又有一次，我不小心锁上了地下室的门，忘记了米达还在里面，当我想起来时，米达已经愤怒地咬坏了门锁。这两件事之后，米达大概是真的害怕了，再也不愿让我离开它的视线，就算我想去书房写写文章，米达也不准，总要屁颠屁颠地跟到书房里来。如果我想小睡一会儿，米达就会跳上我的床，踩在我的胸口上，不断地拱我的鼻子，似乎在喊我起来陪它一起玩。直到半夜十二点，我都没能睡着，

因为我不得不陪伴米达——所谓的陪伴，就是和它一起玩追逐打闹、互相啃咬的游戏，我们跑呀、跳呀，在地板上滚呀、笑呀，直到米达累得一点儿劲都没有了，我才终于可以去睡觉了。不过，为了避免让米达害怕，我会特意打开卧室的门，让它随时可以进来找我。

在这之后，我就明白了：养狗绝对不是一件简单愉快的事情，也不是为了打发无聊的时间、博得他人的赞美与艳羡的事情，而是一件真正需要你付出时间和努力的事情。我只要举一两个例子，就足以说明：当你外出遛狗时，一旦解开拴绳，事情就变得不一样了——遛狗这项工作可是一场考验你耐力与技巧的竞赛，它要求你具备千米奔跑、翻越障碍、短距离爆发、跳高、跳远和翻滚的能力，你还必须在抵达终点之前，抓住你的狗，才算拿到了“遛狗竞赛”的金牌。而这还没有结束，紧接着还有一场“举重”加赛——你必须用自己的臂膀和肩头，扛起不断扭动挣扎、不肯老实待着的狗，时时刻刻与它搏斗，精力不能有一点儿松懈。这份工作可不容易干啊！尽管我很清楚米达实际的体重，但每到这种时候，我依然认为它是个一百多公斤的庞然巨物，而且长着十六条不断扭动的肢体。

那么，如果始终拴着狗绳遛狗，又会怎么样呢？那就完全不同了：你必须左右手交替，一会儿使劲、一会儿松开，不断地抓、举、抬、拽……进行各种各样的手部肌肉运动，这有可能会变成一场拔河，也有可能会变成一场田径比赛，你得越过一座座砂土堆成的小山，强化你竞走、攀爬、奔跑的能力。这个过程中，你必须保持优雅、平和，不能表现出一丁点儿狼狈，不能在别人面前暴露出你的力不能及。毕竟，是你牵着小狗走，不是小狗牵着你走。

很多人认为，外出遛狗的目的就是让它们舒舒服服地大小便，或者借着这个由头让狗外出疯玩一阵儿，可是我的米达从来不这样。我觉得米达简直是一个矜持不可侵犯的贵族小姐，除非到了身体的极限，否则米达坚决不愿意在户外解决自己的生理问题。我相信，它不愿意在大庭广众之下暴露自己身体的隐私，在这方面，米达展现出了令人钦佩的贵族风范，它知道什么事情应该做、什么事情不应该做。但是人们往往没有这个意识，总是忽略米达的感受，这让它感到不可忍受。

由于以上种种原因，刚开始养狗的那段时间，尽管我实现了一些愿望，但我知道，最开始的那个愿望是无论如何都无法实现的了。本来，我期待自己能够成为小狗的支配者和主宰者，但是现在，米达成为了我的支配者和主宰者，我必须面对这个残酷的现实。有时，我想向它说说自己的想法，它却完全不屑一顾。它根本就是个冷酷无情、残暴多疑的统治者。每当我试图反抗，向米达说明我是多么的温柔、友善，而它是多么的任性、自私时，米达就会流露出深情的眼神，安安静静地注视着我，轻轻晃悠着它那条又短又毛茸茸的小尾巴，然后凑上前来用热乎乎的小嘴巴拱着我，笑眯眯的，又把脑袋拱到我的掌心下，希望我能摸摸它的小脑袋。怎么回事？你还想跳到我的腿上来？这根本不可能，米达！你不应该再靠近了！你是个可恶的、不受欢迎的小家伙！让我认真工作一会儿，你老老实实在旁边待着！不，不，我必须严肃地跟你谈谈这事儿……

好吧，我只能换个时间再工作了，米达。

小狗除了展现出常见的犬类习性，还会根据各自的品种，发展出相当不一样的特性。

举个例子，常见的犬类习性，比如小狗总是会在睡觉前不停地兜圈子，或者被人摸头时，伸出自己粉红湿润的小舌头，嘶哈嘶哈地舔舔身上的毛，这都是小狗的常见行为。当然了，如果你贸然让别人家的小狗这么做，可能会惹出麻烦。至于特殊的犬类习性，那就与小狗的品种有关了，比如腊肠犬（也叫“瓦尔基克”）和道伯曼犬，它们的行为方式就大相径庭；而狐狸犬、斗牛犬、平犬和梗犬，也有着各自不同的性格和习惯。就拿米达举例吧，它可能是一只相当典型的艾尔谷梗犬，从它身上，你就能看出梗犬是一种多么固执的狗。每当我想要躺在沙发上小睡一会儿时，它就会二话不说地蹦到沙发上，用两条前腿拱着我的胸口，不断地蹭弄着我的眼睛、鼻子，舔我的脸，根本不在乎是不是打扰到我了，也根本不理会我的不满和抗议。一直以来，我都不知道米达的目的是什么，这种行为对它来说到底有什么好处?

直到有一天，我翻开一本《养狗手册》，读到了这样的句子：“艾尔谷梗犬实际上是军犬，在战场上，它们发挥着不可替代的作用，每当受伤的士兵倒下，艾尔谷梗犬就负责将他们安全带回来。”在这段话旁边，作者还附了一幅图画，画中是艾尔谷梗犬（简直和我的米达一模一样）身处炮火连天的战场，两条前腿搭在重伤士兵的胸口，试图保护他的场景。看到这一幕，我突然理解了米达之前的种种行为。毕竟，它是一只军犬，它骨子里就知道，自己要做军犬该做的事情。就算米达所在的地方不是战场，就算周围并没有受伤的士兵，但是米达看见倒下的我（尽管我只是倒在沙发上看报纸），它仍会第一时间冲上来，报纸里描述的斗争是多么激烈啊，报纸里隐藏着多少看不见的炮火与流弹啊，可是米达不会畏惧，它猛地拱到我胸口来，和我一起面对这些“危险”。

米达，我的军犬，我的保护者，我忠心耿耿的救护者！终有一天，我们会一同踏上战场，在那里，你会找到真正受伤的士兵，你会真正实现自己的价值。但是每到这种时候，我又忍不住思考，既然我饲养了一条军犬，我就应该去跟霍勒肖维采（处于布拉格，比邻恰佩克家，手握军权）和那一大帮无神论者、还有上议院和下议院的议员好好说道说道，最好能发起一场战争。老家伙们，可别小瞧我！上了战场，你们就等着瞧吧，一旦你们被流弹击中倒下，我就会派出我的米达，让它将两条前腿踏在你们的胸口！就算我不向米达委派这样的任务，它也会凭借本能，做出这样的事情！

世界上的生灵，往往有着各自不同的喜好，也有各自厌恶的东西。就算是最聪明的人类，也有这样的特点。文学评论家阿尔涅·诺瓦克（他是我的好朋友，生活在捷克）就有一个特殊的厌恶事项——他非常讨厌电话铃声，甚至不愿意接电话；记者斐迪南·培洛托卡则非常讨厌韵律学，一旦有人说起这方面的事情，他就会大声抗议，直到他从政后依然如此；编剧兼医生的弗朗吉舍克·朗格则根本忍受不了神秘主义学说。

对于声音，人们也有着不同的偏好。有人听不得刀叉划过空瓷盘的声音，有人认为现代音乐简直就是魔音贯耳。而在戏剧方面，哈斯科娃小姐和希拉尔的审美更是截然不同，一个认为现代剧是糟粕，另一个则视其为值得追求的理想。同样，有的女士不敢向牛踏近一步，即使这是一头完全温顺、无害的牛。

同样，米达也有自己的个性。它非常害怕摩托车，我真不知道它这份恐惧的根源是什么。当然，我知道米达向来很讨厌噪声，嘈杂声响起时，它就会显得烦躁，即便如此，这时的米达还是能够交流沟通的。但是一旦摩托车声响起，米达就像见到了魔鬼一样，会突然发疯，不可控制地乱跑乱叫。我知道，米达一贯都很反感现代化的设施，这些毫无温度的钢铁制品没有任何优点，只会散发出难闻的味道，不断制造噪声，爆发力极强地四处乱冲。这种发明，实在不应该存在于世界上！如果说，小狗之中也有派系，那么米达一定就是坚定的“反摩托车派”成员，在它眼中，摩托车比魔鬼更加恐怖。

我们每个人心里都有一小块秘密的“自留地”，那是最温柔也最脆弱的地方，一旦受伤根本没有愈合能力。我们不能将这块小小的“自留地”暴露在陌生人的视线里，因为你不知道它是否会受到伤害。但是米达呀，我告诉你，你总要面对生活中不如意的状况，我们这块小小的“自留地”总会受到风雨的摧残，受到针扎般的刺痛。对你而言，摩托车声就是这样的存在，这可恶的声音会不分白天黑夜突然出现，嘶吼在每一条街巷，搜索着你的踪迹。你必须立刻躲起来，躲在沙发下面，不要动，不要发出声音，一直熬到这可怕的铁家伙慢慢远去，它没有发现你，就可以放心了。周围只有代表着安全与温暖的纸笔摩擦的沙沙声时，你就可以从沙发下面钻出来了，晃晃脑袋，露出一个不好意思的笑容（毕竟刚才的行为实在有些丢人），然后凑到我身边，不断摇晃着尾巴，用眼神告诉我：“刚才……嗯，刚才的事情不算什么，忘了吧！我的人类朋友，你能停下手里的事情，过来摸摸我的头吗？”

米达，我要交代你一些重要的事情！在这个世界上，有三条规则，是你绝对不可以违背的：

第一，你必须服从人类的指令。

第二，你不应该将房间和楼梯弄得一片狼藉。

第三，你不应该挑出饭盒中不喜欢吃的食物。

这三条规则，是小狗们必须遵守的，这也是小狗比其他生物都更加高贵的原因，这三条规则是一种光荣。如果你违反了，就会受到可怕的惩罚，被关进“小狗地狱”，要知道，那里不会有软乎乎的沙发垫，只有不分昼夜地发出恐怖的声音——呼啸奔袭着的摩托车，身处那里的小狗将会永远受苦。

除了这三条最严格的要求，还有几条较为重要的规定，是你应该遵守的：

善待主人的裤子背带，不可以乱咬乱撕。

注意脚掌要保持清洁，不应该沾着泥巴就跑向主人。

在主人工作的时候，应该保持安静。

小心！别把汤汁泼在地上！

不要擅自出门，以免引发不必要的麻烦。

不应该爬上餐桌，乱嗅主人的食物，这并不属于你。

始终保持地毯完整。

别用鼻子撞倒摆在你面前的东西！

肮脏的骨头应该属于垃圾桶，而不是卧室。

主人是你的好朋友，但他的鼻子并不是你的食物。

和花花草草友好相处，不要乱踩乱刨。

将主人的袜子交给他，不要叼着它出门去玩。

米达呀，我希望你知道，如果你能够遵守以上这些规定，你将成为一条受人欢迎的、值得尊敬的小狗。在你的同类之中，你几乎可以被称为校长或者银行家了，你将会有无尽的狗粮财富，其他小狗都会向你投来艳羡的目光。如果你成为一条这样的小狗，你将会远离那种居无定所、不被喜欢、吃了上顿没下顿的生活。我相信，你也不愿意成为一条孤苦伶仃、骨瘦如柴的可怜小狗吧！

除此之外，我还知道一条有关狗的特殊“规定”，那就是要求所有的狗将自己的主人奉若神明。有些人（比如捷克象征主义诗人，出生于 1868 年的奥托卡·布杰兹纳）认为，狗是一种天生不懂得自尊自爱的动物，它们认为自己生下来就是人类的奴仆。然而，我觉得这种观点实在是太偏激了，我完全不这么想。我们必须谨记，小狗拥有的情感是一份热烈而忠诚的无条件的爱，是一种和奴性完全不同的情感。我对奴隶所知不多，但是据我了解，奴隶对于主人是畏惧的，主人指东，奴隶就不敢向西，他们始终生活在高压之下，不知道自己下一秒会受到什么样的惩罚。如果是一条有奴性的狗，它们不会对主人怀有发自内心的亲近和爱戴，不会蹦蹦跳跳地跑向主人，不会发出快乐的汪汪声。也绝不会在主人结束了一天的工作，回到家时，热切地奔向他，用前腿搭着他的腰、不断用鼻子去拱他的脸、围着他跑了一圈又一圈。这是独属于小狗的浓烈爱意，是根本做不了假的，我认为，一个奴隶永远也不会对主人怀有这么深的爱意。

狗所拥有的独特情感，那份纯真无邪的喜悦与悲伤，是我们人类难以拥有的。这很好解释，举个例子：一个小职员面对上司时，根本不可能热情拥抱上司表示欣喜；一位地位卑微的小神父，也不会因为主教微微点头，就喜形于色、手舞足蹈。事实上，人们面对自己的上司往往冷淡疏离、循规蹈矩；但小狗完全不是这样，它们热情洋溢，全心全意地表达着自己对主人的爱意。这种友善活泼的天性，或许源于它们原本是群居动物，总要在互帮互助中完成捕猎；又或者，它们天生就是这样亲和温顺，使得它们成为地球上独一无二的可爱动物。当我写到这里，再凝视着米达那双温柔的眼睛时，我理解了它的想法：“亲爱的人类朋友，在这个世界上，我只相信你，我们完全是心连心的好朋友啊！”

再来说说家中猫狗之间的恩怨情仇吧。很明显，猫对狗的态度只有一个词可以概括，那就是“瞧不起”。猫注视着狗的时候，并不是仇恨和不满，而是不屑一顾。猫打心底里认为，吵闹粗鄙的狗实在太过平庸粗俗，根本不配和自己对话。所以，小猫总是傲慢地俯视狗，仿佛在用轻蔑的眼神说："我可是比你高一等的动物！"它鄙夷地认为：狗这种又大又吵还毛乎乎的东西，如果被扔在家门外，肯定会像小流浪汉一样呜呜啼哭；但如果主人允许它们走进房间，它们又会喜笑颜开，跟疯子似的。真是可悲又可笑！而我呢？我们高贵的猫可不同，即使独自待着，也能从容自在，想做什么就做什么，无须在乎其他人。这才是真正的优雅，像小狗那样肆无忌惮地表现出自己的情绪，多么自贬身价啊！想到这里，猫爬了起来，伸出前爪，用柔软光滑的肉垫倨傲地拍了拍米达那湿润明亮的小鼻子。

尽管米达在同类中还是个小朋友，却已展现出一种与生俱来的舞蹈天赋。它的脊背柔软得如同绸缎，四肢修长、纤细，但就算这样，米达有时还是显得有些笨笨的，就像一个羞怯的少女。然而，在某些时刻，尤其是月光微微照耀着大地的夜晚，当隔壁家的艾斯特鲁从栅栏的另一侧悄悄看过来的时候，米达会忘记外界的一切，完全沉浸在自己的舞姿中。它一遍一遍地绕着圈子旋转，陶醉地望着天空的方向，仿佛跟随着某种奇妙的节奏，忘却了身在何处。它的舞步优雅灵动，宛如瑞士作曲家达尔克罗兹亲笔写下的韵律与曲调（它们又被称为韵律操），又像是精灵们展示的奇幻世界的舞蹈，米达就这样舞啊、舞啊，沉醉其中，永不停歇。

作为一名经验老到的狗主人，我早已为米达的将来做好了打算，在这方面，我必须具备像政坛领袖一样的眼界和手段。尽管米达现在还懵懵懂懂，但我必须把它的未来安排得明明白白。当初收养这只小母狗时，我就已经着手为它准备了。第一件事就是向亲朋好友们打听，想知道有没有人对活泼可爱、血统高贵的艾尔谷梗犬感兴趣，很快就有十几个人向我打听，他们说，只要出自血统纯正、皮毛漂亮光滑，他们就会二话不说地收养小狗。但当我说还需等上一年，等我们家的米达成年并生下小狗之后，他们满心的期待瞬间落空，一下子表现得兴味索然了。

于是，我开始在附近小区里暗中物色，希望为我心爱的米达找到一位体格健壮、天资聪颖的优秀丈夫。没过多久，我发现了四位风度翩翩的“艾尔谷梗犬”先生，为了让这几位绅士喜欢我，我可是时常陪伴，还献上了不少零食。与此同时，我对犬类交配、育种的问题也进行了研究，但各家观点出入实在太大，我只得将这些专业问题抛诸脑后，干脆选定了隔壁那户人家饲养的艾尔谷梗犬，准备让米达一年后嫁给它。那只公狗体态优雅，性情温和，总是快乐地伸着舌头，像个乐天派的君子。反观我的米达，它根本不想以后的事情，每当我思考这件事时，她要么昏昏欲睡，要么抓挠身上的小虫子，或是甩甩尾巴，它对自己即将肩负的育儿重任一无所知，仍是个无忧无虑的小女孩。

老实说，搞清楚小狗们怎么繁衍后代，可谓是养狗过程中一个至关重要的问题。

论及此事，有大量的专著头头是道地详细剖析，好像一座知识之山堆积在你眼前，你要是想把这门学问搞通透，就会发现自己正站在一扇名为“优生学”的大门前。那可是一个相当庞大的理论体系啊！难道我们就不能试着去影响自然的进程，给自己出一道比自然更值得钻研的神秘难题吗？难道我们就不能为“超级狗”的诞生做好充分的准备吗？行了行了，米达，我的小姑娘，你可得好好记住，你可被赋予了一个伟大而神圣的使命哦！你得用心完成这个任务，为狗的未来，作出自己的贡献。

好啦，现在你有了一只适合繁殖的母狗，而且你想把它培养成一只纯种宝贝，那可得当心啦！首先得盯紧它，千万别让它溜出去乱逛啊。要像我这样，时时刻刻提着十二分的精神，牵着狗绳从不松手，喂食的量也要恰到好处，带它到处散散心，好好对它说说话，把它当作你的小女儿一样。带着它出去溜达的时候，那些流浪狗看到它都会蜂拥而上，对着它就是一阵狂舔猛亲；有时候，那些坏家伙干脆就排成一队，一个挨一个地跟在我们后头。我拿着手杖往它们身上招呼，又是诅咒，又是怒吼地把那些臭小子吓走。可我家这位小姐却总是一副优雅镇定的样子，对周围的喧嚣置若罔闻，款款地跟在我身后，头也不回，像极了那些世家贵族小姐。

嘿，滚开！你这个狡猾的老家伙！离我们远点儿！快滚！德国牧羊犬，你也给我闭嘴！那个小个子杜宾，腿细得跟棍儿一样，连路都走不稳，赶紧给我走人！红毛看门狗，你这个无耻的家伙也是！都给我滚！米达，你看这帮家伙。等会儿，我给你说说隔壁那只艾尔谷梗犬的事儿。那可是个极品好狗，毛发浓密火红，如绸缎般闪闪发亮，黝黑的眼珠晶莹剔透，就像熟透的鳞树果实。你们这些穷凶极恶的流氓，彻头彻尾的混球，快给我滚！你们还顾及体面吗？米达，你不把这帮家伙放在眼里，太好了。你还小呢，绝不能被那帮白痴打扰。咱们回家吧！

怎么了？你来找我干什么？想让我摸摸你的头吗？想让我摸摸你的肚子吗？还是想出去溜达溜达？等等！你想吃零食？米达，你可得听好了。你不能再吃了！看看你，背都宽得像头母猪了，小肚子也挺出老长。嘿，家人们，你们已经把这个小家伙喂胖了！要是再这样下去，会越来越难看的！老天爷啊！你看看肚子两侧的肉，低垂的大肚子，扁塌的小屁股，多难看啊。米达，这都怪你太懒惰了。快点儿到院子里去蹦跳，去跃过篱笆！听着，你必须减肥了，不然你就会上气不接下气，脾气也越来越坏。从今天开始，你的饭量要由我来决定！

“你还没看出来吗？我得告诉你！你们家的小米达怀孕了！”邻居郑重其事地对我说。这怎么可能？难道不是由于这个小馋狗吃得太多和懒惰导致的肥胖吗？一开始我对邻居对我说的这件事嗤之以鼻，但随着米达的腹部日渐隆起，乳房也逐渐充盈，我不得不承认米达怀孕的事实。“可是，我从来不让米达出去呀！除了在院子里玩的时候，它根本不会离开我的视线！”我试图争辩，邻居却笑了起来：“我亲眼看到了，米达的幽会对象是一只纯种的德国平犬，这也不算太坏，是不是？”我实在是气坏了，米达竟在我不知道的时候，成为了德国平犬的妻子！那种狗丑得要命，也不是纯种狗！我对不知好歹、不听指令的米达简直失望透顶。

你看看你，现在的你肥胖不堪，行动不便，蹦跳一下就会气喘吁吁，实在难受得厉害，是不是？可这全都要怪你自己，我一点儿都帮不了你！我对米达发过脾气后，冷静了下来，开始接受这个事实。毕竟，舒塔尔平犬和艾尔谷梗犬都属于平犬的后代，它们的毛发会继承祖辈的基因，或许这段糗事也算对它们祖先基因的致敬。米达肚子里或许是一窝新品种的平梗犬，能将两个品种的优点合二为一，我们是否应当怀着开放包容的心态来迎接这份意外的惊喜呢？

哎，亲爱的米达，你那副无助又痛苦的模样，仿佛是在向我乞求宽恕。让这个插曲就这样过去吧，把你那颗疲倦的小脑袋靠在我的大腿上，好好休息一下。你要知道，母亲对孩子的爱是最纯粹的，我会陪伴在你身边，见证这份神奇的新生。

日子一天天过去，米达的肚子渐渐隆起。终于在一个清晨，从它的小狗屋里传来了啼哭声。我急忙赶去，只见一群黑色的小生命在它肚子下蠕动，密密麻麻，数也数不过来。米达累极了，也不敢看我的眼睛，像是不好意思地说："人类先生，我做了坏事，生下了这些麻烦的小东西。"我想钻进狗屋里帮忙，可是米达不让我靠近。我不敢强求，只好眼巴巴地等着它结束艰难的分娩。

第二天，生产终于结束了，米达的孩子们全都是皮毛油亮的黑色纯种道伯曼狗，老天爷啊，整整有八只！数量也太多了，米达难以照料，有几只因为身体过于虚弱，几天后便夭折了。最终，米达留下两只孩子，可以全心全意地哺育着它们。

日子一天天过去，小家伙们渐渐长大。我发现它们头上赫然有着黄色的斑纹，甚是可爱。米达也总是得意扬扬地摇着尾巴，一副幸福又自豪的模样。也罢，生命就是如此未知和富于变数，我们能做的，只能是学着去接受和拥抱这份意外的馈赠吧。

第三部分 关于猫

关于不朽的猫

接下来，我会讲很多只猫的故事。系列故事里总得有个打头阵的，所以在我的故事中，一只公猫会率先登场。

你们怎么看待礼物呢？是他人友善的证明，还是人与人交流的物质载体？不管怎样，我认为礼物拥有超脱他物的神秘性。想象一下，假设每个礼物都是从星空启航，途经澄澈的蓝天与软绵绵的白云，最终降落到我们身边的，那么它是否意味着，礼物原本不存在于我们的生活，而是带着特别的情感意外闯入的呢？讲了这么多，都是为了它的出场——一只别人送给我的、脖子上系着一条蓝色带子的猫。

围着“蓝围脖”的猫咪品种比较古老，它是一只长着红色毛发的安哥拉猫。如果猫咪的每种脾气都有一个名字，那么这只猫的名字可就多了，多到令听者感慨，世界上竟真的有性格如此百变的小猫呢。

那天，一位优雅的女士正在路上走着，刚巧撞见这只在廊柱上的猫，猫抻长腿，把女士的头当作垫子，两下就跳到了地上。女士惊呼一声，捂住自己的头，而这只猫合拢后腿坐在地上，悠哉游哉地舔起了自己的爪子。

女士非常愤怒，她的优雅如镜子般碎裂了。她觉得自己不仅遭到了物理上的打击，还在精神上受到了这只猫的侮辱，于是，她一纸诉状将这只猫告上了法庭。

她说：这是一只会随时从高处砸下来，让人受伤的危险动物！

这天使一般毛茸茸的生物怎么会危险？但这件事仍然迎来了最坏的结果。尽管我极力证明了猫的无辜，可它还是在事情发生的第三天挣扎着倒在了混着砒霜的食物跟前。我看着它抽动的四肢，一时有些恍惚，好像有什么东西遮住了我的眼睛，让我分不清那是人类的恶意，还是我自己悲痛的泪水。

猫咽气之后，我沉浸在巨大的悲痛中，这时门口传来了熟悉的声音，就像猫活着时调皮地从墙根的草垛里跳出来时发出的声音一样。我转过头，那熟悉的声音变成了陌生的“喵”。哦，天哪，那是一只黄白相间，瘦得皮包骨的小猫。它怎么到这里来的，迷路了？它的妈妈呢？它流浪多久了？

它哆嗦着，我也哆嗦着。“来我这里”，我对它说。我心里有种感觉，这大概不是巧合，而是命运对我的垂怜。或许，是那只系着蓝色带子的猫咪看不下去我悲伤的模样，特意派来了这个小家伙。冥冥之中，我仿佛看到一条名为生命的蓝色丝带，将那只猫、我、和这个小可怜连在一起。

在那天，一只小猫离开了我，而另一只小猫来到了我的身边。我给它取名为普德兰卡，因为它是一个有些胆小、谨慎的小家伙。我不知道这只小猫来自何处，它的父母是谁，普德兰卡就像是星空送给我的礼物，它身上有很多无法解开的谜团，可它也与寻常小猫毫无差别。

它喜欢在人喝牛奶时凑上来，试图用自己水灵灵的眼睛让人心软，让我不得不分它一口；它也喜欢叼走盘子里的肉，然后跑到角落里美滋滋地吃起来；还喜欢在人工作时爬上人的腿，用呼呼作响的鼾声安抚着双腿被压麻的我。一年多以后，它变成了猫妈妈，生了一窝小猫，共有五只。其中只有一只遗传了她的斑纹毛色，其余四只各具特色，有红色的、黑色的、花色的，还有一只可爱的安哥拉猫。

于是我有了一份突如其来的推销员工作，“货物”当然就是这些可爱的小毛团们。我陆续拜访了很多老朋友，逢人便说：“你先等等，我有事儿想跟你说。”待他们好奇地竖起耳朵时，我就说：“我家里有一只可爱的、毛茸茸的小猫，正在等待它的主人呢。”有的人听完连连摆手，虽然挂着欣喜的表情说着“我真的太高兴了”之类的话，但从动作中就能看出，那只是寻常的客套话，他们对猫完全不感兴趣。有的人则露出震惊的表情，仿佛不敢相信自己的耳朵，想要再听一遍。不过，我可不会复述一遍，我会趁着对方还没反应过来，先拍拍对方的肩膀，又握握对方的手，仿佛我们已经达成了合作意向，留下一句“我很快就把小猫带来”后就立马走了。时间不等人，下一个朋友还等着我呢。

一个半月后，普德兰卡就不再管那些小猫了，它的身体早已恢复，它的心估计早就飞到隔壁街区的公猫身上去了，那只公猫我也见过，是只十分强壮的猫。没过两个月，普德兰卡又生下了一窝小猫。只一年的时间，普德兰卡共生下了十七只小猫。这真是个谜，要知道，德国著名的动物学家曾指出，一只猫一年也就分娩两次，而普德兰卡却是一窝接一窝地生，或许系着蓝丝巾的猫给它留下了什么使命吧。

虽然我认为我的朋友还挺多的，但在我送出二十五只小猫后，我无奈地发现，朋友们开始绕着我走了。每当我问他们：“你们想要一只小猫吗？”他们尽管嘴上说着：“哦？是什么品种的猫？”但是眼睛却滴溜溜地转，想要找到逃走的理由。然而，我并未感到失落，反而心生幸福。猫，这些可爱的小精灵，总是能带来无尽的欢乐。也许，我的朋友们是真心羡慕我家这源源不断的幸福之泉吧。

然而，幸福的日子并没有持续太久。三年后，普德兰卡被残忍地杀害了。凶手是个公寓管理员，他说普德兰卡偷溜进他家的储藏室，还吃了他家的鹅。真是荒谬！他怎么不说普德兰卡长出了人的手指，把食物都偷走了呢？既然想寻找无辜的目标释放自己的恶意，又何必要找一个冠冕堂皇的理由呢？可怜的普德兰卡，它又做错了什么，它只是不小心路过了这充满恶意的世界，而这世界容不下它这样可爱乖顺的小毛团！

普德兰卡离开的当天，被我送给邻居的小猫突然跑了回来，看到它，我仿佛又看到了普德兰卡，于是我给她换了个名字——普德兰卡二世，它会接替永远睡去的普德兰卡继续留在我的身边。它和它的母亲很像，很快就变得胖乎乎的，并且还拥有了四个孩子：一只是纯色的黑猫，身上不见一丝杂色；一只是棕色的猫咪；还有一只脸特别长，与其他几只相比显得尤其长；而最后一只则继承了普德兰卡的血统，身上有着精致的细条状斑纹。

在接下来两年多的时间里，除了无尾猫，普德兰卡二世一共生了二十一只颜色、品种各不相同的猫。可惜我的“猫朋友”严重超负荷了，在送出二十只后，已经没有朋友愿意接受我家的小猫了。我打定主意，决定扩大自己的朋友圈，好继续我的送猫计划。可还没等我实施行动，邻居家那只叫作罗尔夫的狗忽然发狂，一口咬在了普德兰卡二世的脖子上。

等我救下普德兰卡二世时，它已经没有呼吸了。普德兰卡二世的身体很快就僵硬了，我只能祈祷它离开时不要太痛苦。最后一只还没来得及送出的小猫，我为它取名普德兰卡三世，接替它的妈妈和外婆，留在了我家。普德兰卡三世的行动遵循着“十五周”原则，意思是，当它具备生育能力后，每过十五周，就会像狂躁的大象一样在家里跑来跳去，将家里所有东西当作磨爪道具，等它磨亮了爪子，就开始对饲养它的人类，也就是我，张牙舞爪地比画起来。虽然普德兰卡三世与它的祖辈不同，是一只天性不愿向人类交付信任的小猫，但一到这个时期，它的领地就变成了门口，它似乎无时无刻不在等待大门的开启，门一旦开了哪怕一条小缝儿，它都会挤出去，像一支离弦的箭，跃进草丛后便消失得无影无踪。当晚是等不到它回家的，运气好的话，第二天一早才能看到它晃着步子回来。

那段时间，我家门前仿佛成了猫咪的狂欢派对场地，有从北边墓地来的大黑猫，有从西边来的安哥拉猫，有从东边来的花尾白猫，还有一只从南边来的独眼红猫。它们将普德兰卡三世围在中间，发出形形色色的叫声，甚至有几声猫叫嘶哑到令我想起船上水手们狂吼怒骂的样子。一开始普德兰卡三世还走出家门和它们互动，但渐渐地，它减少了外出的次数，仿佛在避开这场猫咪的狂欢。尽管普德兰卡三世闭门不出，但那些公猫们跃跃欲试，虽然它们没办法从关死的门进屋，但它们总能找到方法，从别的地方跳进来。或许是公猫的精力着实旺盛，这场猫咪狂欢派对足足持续了一周。一周后，普德兰卡像烂泥一样瘫在窝里一动不动了，它太想睡觉了，连我轻轻戳它的背，它也懒得动弹一下。看来，我家又要迎来五只新的小猫了。

不需要闭上眼，我就能够想象出，那些小毛团们，会用怎样的步伐在家里巡视，追逐线头，推掉桌上一切可以推动的东西。不仅如此，它们还会毫不留情地用爪子抠着我的裤脚，顺着裤腿一路爬到我身上来。多亏了它们，我的腿如今也算是身经百战了。这也算是一种甜蜜的困扰吧，不是吗？小孩子也会在床上爬来爬去弄掉枕头呀。

我已经把我的猫送遍了所有编辑部的人。说实话，只要有人能领养我的小猫，我愿意加入任何组织。这个世界虽大，但到处都充满了冷漠的风，而猫是温暖的毛线团，尤其是我的小猫们，它们无法在冷漠中存活太久，如何为它们找到安身立命的地方，那就是我的责任了。我在寒风中思索，普德兰卡三世或许正在窝里团成一团，发出呼噜噜的声音，它像她的母亲、外婆、曾祖母一般，在梦中绘制着猫的幸福生活。

在我看来，猫就像织布机一样，能够将生命之线纺织成一块块色彩各异的布匹。那只脖子上系着蓝丝带的安哥拉公猫，大概也会对这样的场景摆出我熟悉的姿势吧。

朋友，看到这里，你还对猫咪毫无兴趣吗？

猫的春天

冬季，人们常常因寒冷而身染疾病，肺染了寒气，就会咳嗽不断，就连身体也冰凉冰凉的。因此，人们常在冬天盼望着春天的到来，也对春天寄予了很多的希望，但对于猫来说，它们不用等待春天的来临，“春天”就已经过去了。在街上与各类野猫厮混过后，我们的小猫咪终于想起了家的存在，此时它们已经在户外待了不止两个星期了，身上瘦得没几两肉，皮毛也脏兮兮的，靠近了还能闻到垃圾桶的臭味。但它浑然不觉，进了屋先冲向自己的餐盘，狼吞虎咽地将食物一扫而光后，就凑到你的脚边喵喵直叫，如果你不抱起它，它是不会停止的。对于猫来说，吃饱喝足后瘫在人类的臂弯里大概是最美好的事情了，它会用鼻子拱着饲养它的人类的手，然后眯着眼睛发出呼噜噜的声音。仿佛在告诉你，它知道人类与猫咪的语言并不相通，但它愿意用这样的方式与你交流、向你撒娇、向你倾诉它在外面的冒险经历。

不信你听听，它是不是在说：这两周对我来说堪比地狱！不管是那只斑纹公猫，还是那只暴躁的断尾猫，它们都太暴躁了！我真的受够了！如果家外的世界如此残酷，那么我要立刻丢掉这些记忆，我再也不要离开你了！

总而言之，在冬天快结束的时候，母猫们都进入了孕期。你会看到它们的肚子逐渐变大，行动逐渐迟缓，还会在你抚摩它们的时候扭头离开，就连行走时也尽可能地放低身体。怀孕的时候，不管是人类还是猫咪，都承受着旁人无法想象的痛苦，因此，你需要时刻注意母猫的状态和位置，它们生产时可不会在乎“产房”是你的床铺还是别的什么东西。

等这段时间过去，新生命就会在母猫温柔的舔舐中睁开双眼。那些幼崽们的叫声又细小又微弱，尾巴像根小棍子，在寒冷的空气中颤抖着。这时，母猫会毫不吝啬地张开自己的怀抱，将所有小家伙都藏在自己温暖的皮毛下，等那些颤抖着的小幼崽通通躲进自己的肚子下后，母猫还会收拢四肢，为它们围起一个没有一丝寒风的小世界。不管平日里多么暴躁的母猫，在这一刻，它们都展现出了极致的温柔。这时就连叫声也会发生变化，变得柔软而充满母爱。

由此可见，母爱是不分物种的。当人类第一次发现这点时，一定会为这种共性而感到惊讶。

家中没有养猫的人，大概是没有机会观察一只怀孕中的母猫的，但我的运气很好，就像现在，此刻正有一只年轻的母猫出现在我的视线里。这只母猫比我往日见到的母猫要稚嫩很多，它一定是第一次做母亲，我看着它将三个发出尖细声音的生命带到这个世界，在它还没缓过神时，它的孩子们竟然都不见了——以它的小脑瓜，恐怕永远都猜不到小猫们到底被主人带到哪里去了。

或许这是一个观察母猫状态的绝好时机，将这份人为制造的悲伤转化为文学中的动人篇章。但接下来发生的一切，完全超出了我的想象。母猫发现自己的孩子凭空消失后，行动的确异于平常，就连放在食盆里的饭也吃不下去了。然而，她虽然时而摇头，心不在焉，却表现得像是小猫并未消失一样，她先躺倒，然后四肢微微弯曲，身体形成了一个半圆弧状，好像将肚子前的某些东西圈在了怀里一样。一旦我不小心弄出什么细碎的声响，它就会迅速转头，向声音传来的方向发出轻柔的叫声，好像在呼唤一个调皮的生命。过一会儿，它还会翻过身来，摆出一副给小猫喂奶的姿态，尽管从没有猫教过它类似的知识，但它天生就懂得。

如果孩子不见了就会让母猫心神不宁到无法正常生活，那么猫也不会存活至今了。我的意思是，母猫会在伤心之余，想起它还有个人类主人，当主人靠近，伸出手掌抚摩母猫的皮毛时，它会舒服得仰起脖子；当人类将它抱在怀里，再挠挠它的下巴时，它会先发出娇滴滴的喵声，然后发出震耳欲聋的、代表着舒服的呼噜声。

从这个过程中能够看出，母猫虽然找不到自己的孩子，却仍然保留着母亲的本能，每一个动作都充满母性，无比娴熟、自然。就像我说的，没有人，或者猫教过它，但它依然知道自己该做什么，这大概就是自然的规律了。猫生产后特有的叫声，或许也不是为了与自己刚出生的孩子对话，只是一种本能。就好像人不小心踢到大脚趾，就会下意识呼痛那样。那声娇柔的喵声，正代表着大自然的规律，代表着新生命的来临。无论什么生物，一旦成为母亲，就好像顺理成章地从大自然得到了做母亲的经验，而这可以称之为本能。它不是个体的本能，而是族群的本能，那些常被人类忽视的细节，实则蕴含着生命最原始的力量。在此之前，从未有人对母猫为何喂养猫崽产生疑问，而现在一切都有了答案，这就是从未经过任何教导的、生命最初的、带有“盲目性”的本能。

可惜这一切仍然不能解释，人类究竟是如何挣脱生物的本能，做出那些让依靠本能的种族无法理解的事情的。人的一生都在不停学习，学习承担自己的责任、学习生存、学习如何健康地生活、学习如何与同类交流，就连人类的母亲也要学习如何养育自己的孩子，学习如何将幼小的生命抱在温暖柔软的臂弯。我想，这就是猫与人的不同之处了，因为人拥有突破本能的能力，那让猫与人产生不同的根源究竟是什么呢？我想你应该已经知道了。令人类挣脱本能的束缚，即使生活得不够舒服也要努力奋斗、探索的原因，我想，答案正是知识。知识，才是人类进步的阶梯。

艺术也是如此，艺术正是一项兼具人类自主性与创新性的工作。

你这可爱又可怜的小猫啊，快快从我身上下去吧，在这一点上，我们永远无法互相理解了。

猫的人类观

看看面前这个大高个儿！他就是我的伙伴了，虽然个头儿远超我十倍还多，但对我来说，他一点儿也不恐怖。

人类不挑食，吃的东西比我多太多了，因此拥有了令人羡慕的力量。他们总能带回很多我没见过的食物——开袋子的声音？快让我看看！你今天在吃什么？！

不过，人类也很可怜，他们没有厚厚的皮毛，冬天大概会冻死吧！而且，他们无法用舌头清理自己的身体，只能定期钻进一个狭窄的、充满水雾的地方打理自己。至于人类的声音，那更是千奇百怪，我听得耳朵都要起茧了！就连闭上眼睛睡觉的时候，那张嘴里也会发出震耳欲聋的声音！

人类，快用你那双大手帮我打开这扇一点儿缝隙都没留给我的门！

不过，为什么人类总称呼自己为“主人”？他们为什么会成为主人？是吃了不得了的食物，还是其他原因呢？我真的很想知道！

人类还算勤快，至少总是将我的床铺打理得很柔软。

人类的前脚也有十只爪子，但他们还喜欢给自己多套一只黑爪，那黑爪比他们原本的爪子要长一些，前端尖尖的，总在白色的纸上抓来抓去，这就是他们唯一的乐趣吗？好无聊。除此之外，人类总喜欢晚上睡觉，夜晚为何不去捕猎？哦，原来他们的眼睛无法在夜里看清东西，真没用。

黑夜是神秘的，我喜欢趁着夜色出去追逐梦想，可人类总是在一团亮光下对着不同的白纸挠来挠去，这件事真的那么有趣吗？我只是好奇，不是关心你！因为你挠白纸的声音时有时无，只是挠白纸而已，为什么人类总像忽然忘记该怎么挠一样？这么简单的乐子都不会找吗？唉，多么愚蠢的人类，令我都产生一丝怜悯了。

所以，我会跳上桌子，走到那张白纸上，要么抻抻懒腰、趴在上面，要么喵喵叫几声——反正不管怎样，人类总是会摘掉那只黑色尖锐的爪子，再将我抱起来的。无毛的人类，将脸埋在我皮毛中的样子也令人怜惜，我也没什么办法，你就好好羡慕我的皮毛吧，至少此时，我不会走开。

或许这时，人类与我终于产生了共鸣，我也不太确定，总之这时的人类会发出类似幸福的呼吸声。

唉，夜晚无法视物，不爱捕猎，也没有皮毛的人类啊，在忙碌生活的间隙，我对你的关照暂时到此为止。现在，黑夜降临了，我得去迎接它了。

猫

不知道你们有没有察觉到，母猫尤其钟爱又高又细的口哨声。经过仔细观察，我可以说，这一发现几乎适用于所有地区的猫。声音尖细的口哨声一响起来，母猫立刻表现得像闻见了猫薄荷一样兴奋，不，甚至更加夸张。它们会立即从四面八方冲向你，绕着你蹭来蹭去，发出“呼噜噜”或者“喵喵喵”的叫声。倘若你用口哨吹出高音版的特殊的歌曲旋律，它们的行为会变得更加热情。它们激动地用身体蹭着你，尾巴也高高竖起，轻轻地拍打在你身上。或许它们还会跳到你身上，用小巧的鼻子不时地嗅一嗅你。接着，它们仿佛从你身上嗅到了什么好闻的气味，露出一种沉醉的表情，然后轻轻咬一咬你，表达它们对你的喜欢。当然，在猫冲向你的时候，你可能已经不由自主地停下了吹口哨。即使如此，也丝毫不会减少它们的热情。母猫们会用一种细高悠长而略显嘶哑的声音热切地冲你叫唤起来。

我对这种现象做出了很多种猜测，甚至翻阅了各种各样的资料，但仍然没有弄清楚母猫钟爱口哨声的原因。我甚至在想，或许在很久很久之前的某个时代，公猫的嗓音就接近这种尖而细的口哨声，而现在公猫这种低沉嘶哑的、有着沙砾质感的声音是进化的结果。不过这种猜想显然不符合实际，倒不如说在更久远的远古时期，猫们信仰着能发出尖细口哨音的猫神，它就用这种声音呼唤、指挥着猫们。当然，这也只是一个荒诞的假设。由此可以想见，这个谜团到底有多困扰我了吧。

人们总认为自己了解别的事物能像了解自己一样深刻，自然而然地认为对猫的了解也是如此。例如猫喜欢蜷缩在有阳光照射的椅子上休息，有时它也会四处走走，会一不小心弄翻什么东西，它将自己的大多数时间都奉献给了“享受温暖的阳光”这件事。在之前，我也和许多人一样认为自己对猫的这些习性了如指掌。然而，我去了罗马之后，才真正认识到猫的神秘。

当时在罗马图拉真大帝的圆柱旁，我目睹了一个令人震惊的场景——在一个超大型水池中，竟然聚集了五十多只猫。它们仿佛在开什么人类无法理解的集会。水池的底部早已干涸，只剩下折断的、残破的柱子和破败的雕塑——那一大群猫就生活在那里。它们平日沐浴在日光、月光之下，不做任何事，甚至也不觅食，靠路过的人们的好心投喂生存，日子看起来平静而悠闲。没错！就在此时此刻，就在这个地点，我突然意识到：猫其实是一种神秘的、人无法预测，更无法捕捉的野兽，而不仅仅是猫。我观察到，在它们之间有许多正在“走”的猫，实际上，它们更像是在“爬”。这不仅仅是一个简单的动作差异，还是一种野兽本能的展现。然而，处在人类环境中的猫却只是猫。

你一定在纳闷这其中的缘由。其实，这是因为比起人类，猫更了解自己的种族，因而猫会信任人类而更防备同类。在大多数人的认知里，猫和狗不能和谐共处，且是互相不信任的典型，因此人们总用它来形容社会上互不信任的现象。但事实上，一些猫和狗之间是存在非常亲密的关系的，我常常看见猫和狗共同行动、出现在同一场合、互相挨着，反而是猫与猫之间充斥着陌生与冷漠。就像我在罗马看见的那一大群猫，即使它们挨得很近，也会装作没看见对方，专心致志地舔着自己的毛、享受着自己的悠闲时光。如果有两只猫不小心对视了一眼，双方都会毫不掩饰地表达自己的厌恶，发出威胁的叫声。猫与猫之间绝不会出现共同合作、和谐共处的局面，最多不过是带着无所谓的冷漠和对方同处一个屋檐下罢了。

可是，猫与人相处又是一番完全不同的景象了。猫会冲你轻柔缓慢地眨眼，仿佛是猫界的最高礼节，并以此来表达它们对你的友好和喜欢，它还会轻轻地蹭你的裤腿，朝你温柔地叫唤。仿佛在说：“嘿，人类，要不要摸摸我柔软的肚子呀？”猫或许还会极其信任你，露出自己的肚皮，撒娇似的让你抚摩它……总之，在人类面前，猫就只是一只柔软可爱、惹人怜惜的小动物，一点儿“独行侠”般的野兽影子都不存在。

与其说猫被人类驯化，不如说是猫主动信任人类。只有在互相信任的状态下，大家才不是野兽。就像猫一样，人类自己也不会轻易信任同类。例如你不会相信一个第一次认识、彼此之间毫无接触、互不了解的人，你一定会在心里暗暗防备他，警惕他落在你身上的目光、警惕他的每个动作，并做好随时进攻与逃离的准备。只有互相信任的人才是没有棱角的、平和的，这时你可以放心地将后背暴露给他，不必担心他会对自己做什么，会给你带来什么伤害。如果大家还生活在互不信任的原始时代，每时每刻都在担心自己的安危、生活在担惊受怕的恐惧之中，那真是一件极其可怕的事。或许丛林法则要求大家互不信任，但这种状态太过原始野蛮，不利于文明的延续与发展。

文明的社会是依靠信任建立的，不信任的社会无疑是原始的、野蛮的。如果猫不信任人，那么人群中的猫看人，也如同猫群中的猫看猫一样，看的是野兽。人也是一样的道理，人不信任人，那么人群中的人看人也是在看野兽。

信任是人与人之间最古老的羁绊，只要信任存在，人就存在。倘若人与人之间互相不信任，那么人们看到的同类就是野兽，人类的世界自然就沦为野兽的家园。

说到这里，我该去摸一摸我的猫咪了，它的信任给了我极大的安慰。即使我的猫咪不过是一只不知从哪里流浪来的灰色小家伙，但那又有什么关系呢？猫轻轻地蹭着我，用头顶着我的手掌，大概是在示意我挠挠它的脑袋吧。

第四部分 小狗达西卡的幸福生活

第一章

那时候，我们的小主人公——一个纯洁如雪、柔软无比的小生命，刚刚降临这个世界。你用手轻轻一捧，它就整个窝在你掌心里了。要不是头顶上那对耷拉的黑色小耳朵，以及一簇雪白絮毛底下隐约可见的尾巴根部，你根本无法辨识出这小生命的种类。我们虔诚期盼，希望这可爱的小生命能够茁壮成长，蜕变为一位风华绝代的“公主”犬。所以我们为它取了个捷克女性的名字——达西卡，平时则亲昵地唤她为“达莎”。达莎很快就展现出了它天生的稚气和魅力。那对黑色的小耳朵时而支棱着，时而耷拉着，活像两个小小的风铃；而它总是无意识地将粉嫩的小舌头伸出嘴外，让人忍不住想去逗逗它。

刚出生时，这个小家伙的眼紧紧闭着，它的四肢也软塌塌地垂着，实在很难称之为“腿”。靠这四条小短腿，达西卡根本站不起来，更别提行走了。虽然暂时还看不出它有什么本领，但好在这个小生命是完整健康的，这就很好了，不是吗？

每当达西卡想勉力学步时，它都会先做足准备——首先，它会仔细穿好鞋……不不，我说错了，应该是“兴冲冲地准备好”……也不对，再精确些，应该说是“捋起小短臂，双手搓在一起”。希望大家能够理解我所描述的那幅场景。当然，达西卡并不能真的“摩拳擦掌”：第一，它根本不会吐唾沫；第二，它的脚掌也太小了，就算吐唾沫也吐不到脚上边……

总之，达西卡开始了艰难的学步历程。它费力地挪动着小短腿，终于从妈妈的前爪边“蹭”到了后爪边……这是一段漫长的路程，小家伙吃了睡，睡了吃，次数还不少，不仅三次填饱了小肚皮，还打了两次盹儿。由此可见，吃和睡是它与生俱来的天赋，根本不需学习。所以达西卡整日都坚持不懈地实践着这两件事，我想哪怕在无人监督的漆黑深夜，它也从来不会偷懒，依然像白天那般卖力地熟睡着。

不仅是这样，我们的小主人公还学会了模仿鸟鸣，像只小知更鸟般欢快地喳喳叫。但它具体是如何模仿鸟鸣的，我却没办法告诉你们，也无力描写出那“悦耳动听”的鸣啭之声。而且，达西卡会一边喝着乳汁，一边发出“咕咕”的声响，这也是与生俱来的天赋。但遗憾的是，它的高超本领就只有这些了。尽管这个小家伙确实平平无奇，但它的母亲——那只名为“爱丽丝”的刚毛猎狐犬，却对它百分之百满意。

爱丽丝整日沉醉在与她心爱的小宝贝达西卡的亲昵互动中，她贪婪地嗅着它的香味，亲吻它、舔舐它，不断清洁它的绒毛。她陪伴着它、逗弄它、哺育它、疼惜它、爱护它，用自己那热乎乎的肚子给它当软枕，让它可以香香甜甜地酣睡……由此可见，在母亲这一身份下，所有生灵对孩子的疼爱是如出一辙的。正如我们每个人都曾有过的体验，我们也是在母亲的呵护与关注下健康成长的。大概每一位母亲都清楚，她们愿意倾尽全力照顾孩子的原因。然而，对于爱丽丝来说，它根本就没想那么多，它只感受到这是自己生来就应该做的。“喂，狗妈妈啊，”一个来自大自然的声音在她耳边低语，“在你宝贝还未睁眼、憨头憨脑、无法自保、不知危险的时候，你就要小心翼翼地陪伴在它身边。一旦有什么心怀叵测的动物靠近，你就要勇敢地冲上去，狠狠咬住那家伙的腿让它嗷嗷大叫，然后狠揍它一顿！”

爱丽丝对这自天而降的旨意言听计从。有一次，一位心怀不轨的律师刚靠近达西卡，它就如疯狗般猛扑过去，硬是把那人的裤子撕扯得粉碎。还有一回，我的作家朋友约瑟夫·克普达来访，他对它非常友善，好话说尽，但爱丽丝依然保持着警惕，并忽然咬住他的小腿死活不放。还有一位女士，在损失了一整套行头后，发誓说再也不愿见到这只凶悍的母狗了。

日复一日，爱丽丝变得愈加凶猛。无论是邮递员、清洁工，抑或是修理师傅、查煤气表的人，都曾在她的獠牙下遭殃。甚至连那些位高权重的政府官员和名人也未能幸免，它曾经对一名过路的议员杀气腾腾地扑咬，最后更是与警察发生了冲突。但也多亏了爱丽丝的这份机警和好战，才保证了她的宝贝从未遭受任何来自外界的苦痛。要知道，朋友们，这位辛苦的妈妈真是一点儿都不能松懈，世界上的人数不胜数，它实在无法对每一个人都咬上一口啊。

就在小达西卡降生十天后，它经历了生命中的第一件大事：某一个清晨醒来时，它难以置信地发现自己能看见了！当然，这时它只有一只小眼睛能睁开——虽然是这样，但这也是它迈向新天地的重要时刻。眼前的景象令小家伙感到无比新奇，它不由自主地发出了生命中的第一声呐喊，这就是狗语“吠”的开始。如今的达西卡不仅能“交流”，还学会了咒骂，甚至连吓人、威胁也驾轻就熟。但在那时，它只会尖叫，声音刺耳得仿佛餐刀在盘子上刮擦。

这一纪念性的呐喊，标志着小达西卡完成了视觉的“启蒙”。它好奇地打量着眼前陌生的一切，对这个崭新的世界充满了无限憧憬。达西卡忍不住再次高声欢呼，似乎要用这第一声“吠”叫，向所有生命宣告自己的到来……

对于小达西卡来说，现在最重要的无疑是它刚刚获得的视力了。要知道，之前它只能抖动着自己小小的鼻尖，依靠本能笨拙地摸索寻找妈妈的乳头。我能看出来，很多时候它想挪动几步，但由于刚出生的体形限制，最终只能伸着黑黢黢的小鼻子，去辨别前方是否有障碍物。尽管目前只有一只眼能看见，但对这个小生命而言，已经是一大惊喜了。它只需随意一瞥，就能分辨清楚：啊，原来那儿有一堵坚硬的墙，那边好像有个小洞洞，那白白的一团，肯定是我亲爱的妈妈！小达西卡探索着新世界，光怪陆离的景象在它的视野中闪现。一切都那么新鲜有趣，令它无比好奇。它盯着墙角的那个小洞洞，想知道后面会不会有什么惊喜；又看向不远处的妈妈白色的绒毛，心里暖洋洋的。想休息时，它只管闭上小眼睛，我们便会轻手轻脚地离开，不愿打扰了它的美梦。要是想看得更真切些呢？试试吧，先睁开这只眼睛，哟！另一只也能睁开了！太好了！先半睁着，再转动几下眼珠，很快就能大睁双眼，清清楚楚地观察世界了。

现在的达西卡不仅能用双眼环视四周的一切，还可以闭上双眼，享受片刻的宁静。这意味着它不必再像从前那样，将大把时光用于酣睡，而是拥有更多属于自己的时间，比如用来学习行走，或做一些其他了不起的事情。这无疑是一个令人欣喜的巨大进步。

达西卡兴奋地跃跃欲试，小短腿不住地蹬着，似乎迫不及待地想要行走。它扭动着肥嘟嘟的身子，试图把自己撑起来，可一用力就摔了个狗啃泥。

就在这时，那个来自大自然的声音再次响起："达西卡啊，既然你已经可以看见了，那就勇敢地向前迈步，好好学学如何行走吧。"小家伙抖了抖耳朵，似乎真的领会了这声音的含义，开始学习走路了。达西卡慢慢抬起右前肢，战战兢兢地迈出第一步，但接下来该怎么办呢？"现在轮到你的左后腿了！"天外之音在它耳畔响起。嗯，走得还不赖。"那么，再试试另一条后腿。"声音继续说道："后腿，我指的是后腿，不是前腿哦！噢，你这个小笨蛋，你留下了一条后腿还没迈出去呢！天啊，等等，如果你不把那条腿也迈出来，你铁定要摔一跤！听好了，把你的右后腿移到小屁股下面！不不不，不是尾巴！腿，动动你的腿。用尾巴你怎么走得了路！"那声音有些不耐烦地说，"达西卡，别管那根小尾巴了，你往前走吧，它会跟着你的！好了，现在四条小腿都准备好了吗？那我们再试一次，先迈右前腿，把小脑袋抬高些，这样你就不用老是蜷着身体了。非常好，就像这样，保持住。这一步是左后腿，下一步左前腿——小心点儿，达西卡，四肢都得在你的控制下才行。好，现在轮到右后腿了，非常好，瞧瞧，走路并不难！

歇一会儿吧，然后我们再练习一次：一，二，三，四，眼睛看前方。一，二，三，四……”

不知是谁在达西卡的身边，耐心细致地指导着它如何迈开小短腿一步一步地学会行走。也许这就是传说中的“天使的声音”吧，在它懵懂无知时，以神圣的呓语引领它，赐予它全新的力量与勇气……

第二章

看来，小家伙学习行走并非一件易事啊。对于小达西卡而言，这来自大自然的声音像是个不好说话的老师，哪怕它只是一只小狗，也绝不会纵容它无法无天。但有时，这位老师忙于教导大自然中其他生灵，无暇监督达西卡的练习。毕竟，大自然还需要教导小鸟们翱翔，指点小虫子辨别可食与不可食的树叶……每当这种时候，它就只能留下一些课后作业，比如让小达西卡自己努力从屋角爬到另一边的屋角，不提供任何帮助，让这孤立无援的小家伙自己练习去吧。

达西卡一次又一次地尝试着，小小的舌头不断伸出来，气喘吁吁。先是右前腿——接着左后腿（咦？左边在哪里？是这边吗？）——再迈另一条前腿（哎呀，不见了！）——然后……然后我要做什么来着？“等等！等等！”正在教小鸟飞翔的大自然急切地呼唤着达西卡，“达西卡，别迈那么大步，抬高脑袋，四肢都得规规矩矩地在身子下方……再来一遍！”这位老师滔滔不绝，可达西卡又无所适从。它那几条纤细无力的小短腿仿佛颤颤巍巍的果冻，无论如何也使不上力气。再加上圆滚滚的小肚皮和沉甸甸的大脑袋，让人不禁感叹，难道学走路真是件易如反掌的事吗？

达西卡喘着粗气，努力练习着，但进展并不如意。它失落地瘫坐在狗窝中央，嘟嘟囔囔地叫个不停。妈妈爱丽丝过来安抚它，又饱饱地喂了它一顿，这才哄得它高兴起来。随后妈妈抱着小家伙入睡了，但达西卡很快又醒过来，想起家庭作业还未完成，就从妈妈温暖的身上爬下，朝着狗窝的另一头努力爬去。

“达西卡，做得好！”大自然的赞许之声在它耳畔响起，“继续做吧，按你现在的劲头，不久后，连风都追不上你了。”

你们可能会觉得不可思议：一只小狗也要忙那么多事情吗？但事实的确如此。它不是在学习走路，就是在休息以补充体力；不是在休息，就是在练习如何标准地坐着。这可一点儿都不容易，每当达西卡想要偷一会儿懒的时候，大自然就会训斥它：“达西卡，身子要直直地坐好！抬高脑袋，挺直后背，不要驼成个圆球！哎呀，你这是整个儿躺下了吗？真糟糕，你怎么又坐到自己的小短腿上去了？咦？尾巴呢，尾巴去哪儿了？达西卡，听我说，这是最后一遍提醒了！可不能坐在尾巴上，不然它就甩不动了！”从头到尾，净是数落！大自然可从不手下留情，哪怕对方只是只小狗。它希望达西卡能从一开始就养成标准的坐姿，学会如何端正身段、挺胸抬头。

在成长的道路上，稚嫩的达西卡肩负着重担。它的步伐越迈越稳，脖颈也渐渐修长起来，嗅觉敏锐异常。大伙儿都知道，前后肢悬殊太大可不方便行走，所以达西卡的四肢必须均衡协调才行。别忘了那摇曳的小尾巴，它理当粗壮有力，摇动时呼呼生风，就像那些久经沙场的猎狐犬尾巴一样。它要学习的项目还有很多，比如，要用尽全力锻炼自己的嗅觉，那可是猎犬的最佳武器。再比如，小狗要学会汪汪狂吠，无论是对敌时的咆哮震慑，还是呼朋引伴时的呼啸长嗥，都必须声如雷霆，振聋发聩。为了掌握这些项目，达西卡需要打起全部的精神，随时随地竖起小耳朵，将尾巴甩得飒飒作响，汪汪狂吠，万不可有半点儿马虎。

小达西卡的动作越来越利索了，走起路来虽偶有踉跄，但总能很快重拾平衡。偶尔它会不小心把某条小短腿忘在身后，当它发现时就乖乖坐下来，仔细检查四肢是否健全。若不慎摔了个狗啃泥，它也不会因此气馁，而是会像个小木桶似的在地上滚啊滚。但生活中处处是挑战，达西卡很快就迎来了新的考验——它的口腔里冒出了锋利的小牙齿。

一开始，它的小牙只有米粒般大小。不知不觉间，它们就全部萌出，前端也逐渐锋利起来。对一只小狗来说，牙齿越尖越好！随着牙齿日渐锋利，达西卡那嗜咬的劲头也越发强烈。它喜欢用这锋利的牙齿咬东西，无论是妈妈柔软的耳朵，还是人类的手指头。它尤其喜欢啃人类鼻尖上的“大疙瘩”和柔软的耳垂，一咬上就不舍得放开。

这样一来，最忍辱负重的受难者就是妈妈爱丽丝了。爱丽丝的肚皮不是被达西卡狂啃一番，就是被它的小爪子抓出一道道血印。但爱丽丝毫无怨言，她还是用母爱温暖着这个“小暴徒”、这个“野丫头”、这个“糙小子”啊！行了行了，达西卡，是时候断奶啦。不过这也意味着，你得掌握一门新本领了——给你一个盘子，接下来，它就是你的餐具了！

“小家伙，过来！看见这盘子里的白色液体没有？那可是牛奶哟。咦？你不知道该怎么喝？没关系，我来指点你。把你那窄窄的小鼻子伸进去，伸出舌头沾那白色的东西，然后赶紧缩回来。一遍遍重复，直至全部喝完。还愣着干什么，快点儿行动啊！多简单的事儿啊！”可是达西卡满不在乎，依旧甩着尾巴发呆。

“你这笨狗狗！真是没辙了，看我怎么对付你……”说罢，我一把将它的小鼻子按进了牛奶里。我这一按，把达西卡吓了一跳！它的鼻尖和胡须全沾满牛奶渍，它只好伸出小舌头舔干净。谁知，这白白的液体竟是如此美味！

从此以后，达西卡爱上了牛奶。它恨不得将整个身子扑进奶盆，在那浓稠香甜的牛奶里泡上一泡。它东钻西撞，四脚踩着洒出的牛奶，还不时用小舌头舔脚上和尾巴上的奶渍。最后妈妈只好亲自上阵，将它舔舐干净，以免弄脏了狗窝。结果虽然有些出乎意料，但达西卡至少迈出了品尝牛奶的第一步。

几天之后，它已经能娴熟地将整盆牛奶舔得一干二净，达西卡也在牛奶的滋养下茁壮成长。所以小朋友们，要想像这只小狗一样健健康康、强壮成长，就要像它一样好好吃饭哦！努力向达西卡这个可爱的小家伙学习吧。

第三章

时光飞逝，达西卡早已不再是那只呆头呆脑的小狗崽了。如今它摇身一变，成了一只毛发蓬松、獠牙外露，能够独当一面的“小大人”了。可惜它好动贪吃的劲头丝毫未减，到处撒野，惹是生非，简直就是个“大麻烦”。用文雅点儿的话来说，它就是个不知死活的小疯子，固执到骨子里的小捣蛋鬼。无拘无束的它，把整个房子、整个庭院，只要是篱笆包围的地界，全部当成了自己的王国。在这片地盘上，达西卡为所欲为。它还喜欢寻找自己的“秘密基地”，把那里作为私人“厕所”。它到处挖坑，给自己留下“后路”。最终，它选定了我的工作室及其周边作为“方便之地”，偶尔也会把饭厅列为备选。

除此之外，达西卡对“卧房”的挑选也让人啼笑皆非。它那些特别的睡眠场所，可谓千奇百怪：抹布、人类臂弯、花坛、扫帚、熨烫过的衣物、篮筐、购物袋、山羊皮、鞋子、暖炉、垃圾簸箕、小垫子，甚至随意一处地面。这只小淘气还创造出不少娱乐圣地，比如楼梯，它从高空一跃而下，滚下楼梯时，它会想：“哇，太爽了！”而有些地方却充满危机，比如房门，稍不留神就会被夹个正着，尾巴、爪子都吃过亏，疼得它甘拜下风，只能央求主人抱在怀里安抚，哭哭啼啼地哀号一阵。等得到了美食，情绪逐渐缓和，它便又跑去楼梯处折腾了。

达西卡这只淘气鬼性格爽朗，根本不将危险放在眼里。它仿佛天生就不知道何为危险，对于扫帚这类“威胁”视而不见，甚至有恃无恐地等着扫帚给它让路。不过扫帚大多也的确会自动避开它。达西卡生来就喜欢毛乎乎的软东西，不论是扫帚、沙发上的毡毯，还是人类的头发，达西卡都很感兴趣。它对人们的大鞋子更是毫不回避——在它看来，理应是鞋子主动避开它才对！这个小淘气鬼可真是个乐天派，处处流露出对生活的乐观态度。只要有吃有喝，它就无忧无虑，任何突发状况都能坦然面对。

就这样，达西卡的顽皮把我们全家人都“折磨”得小心翼翼，走路时必须留神再留神，这只小东西总是行踪诡秘，神出鬼没，让人防不胜防。不过它心思单纯，根本不会怀有什么阴谋诡计，它只是不明白，世界上竟有地方是自己不能随便进去的。还记得它三次栽进池塘的糗事吗？每次我们都得赶紧救起它，用暖毯裹好，让它啃咬最爱的人类鼻子来安抚受惊的心灵。达西卡这个小家伙着实让我们操心不已、让人哭笑不得，但就是这份天真烂漫才最值得我们去宠爱它。

第四章

现在，就让我们逐一聊聊达西卡每天都要进行的几项重要工作，跑步就是首要的一项。如今的达西卡，已经从一个蹒跚学步的小家伙蜕变成一位“运动健将”。看它跑步简直就像是在欣赏一场高难度的动作表演。短跑、冲刺，它样样精通，匍匐爬行也不在话下。从高处跳下时更是花样百出——有时用鼻子先着地，有时用背部着地，有时还在空中连翻几个跟头加上前后转体。它还擅长障碍跑、负重跑（嘴里叼着抹布）。此外还会做翻滚、打旋、大回环、腾跃等动作。无论是进攻、逃跑、前进、后退，对它来说都不算什么。

达西卡之所以能有如此出色的“体操”造诣，多亏了母亲爱丽丝的悉心指导。爱丽丝无疑是个好老师，它教会了达西卡如何像离弦之箭般跃过花坛，跃过一切障碍物，眨眼间从院子这头儿窜到那头儿。每当达西卡紧随其后练习时，爱丽丝总会突然改变方向，让毫无准备的达西卡措手不及，只能猛地打一个滚儿才停下来。当爱丽丝转圈奔跑时，达西卡也总在后面紧紧追着，却不知“离心力”为何物（对于物理学，它还需时日才能参透）。可怜的小家伙常在离心力的作用下，重重地摔出老远，然后一屁股坐在地上，呆呆地思索着这离奇的现象。

这只淘气鬼根本就不明白“适可而止”是什么意思。它原本只想迈个小步子，谁知却像离弦的箭一般“嗖”地飞出老远；它原本只打算轻轻跳起，谁知却像被大炮射出去似的直往上蹿。这就是“年轻人”啊，行事总是如此缺乏把控力。事实上，达西卡并非刻意地迅速奔跑，而是自然而然地欢腾跳跃；它并非打算高高跳起，身子却已自作主张地飞向天际。想要记录它的速度？恐怕三秒内，它就能将一堆花盆掀翻，甚至闯进温室里撞断幼苗。同样，它的尾巴也能在三秒内甩动六十三下。有谁自以为能做到吗？那就请跟在达西卡后头，亲自去试一下吧！

达西卡生活中的第二大重头戏就是“咬东西”了！这小家伙简直就是个不解风情的小暴徒，见啥咬啥——藤椅、扫帚、地毯、电视天线、拖鞋、剃刀、相机、火柴盒、绳子、花盆、香皂、衣物（尤其是那些纽扣），无一幸免。若是一时看不到身边有什么值得下口的，它就只好把自个儿咬上，有时咬得太狠，甚至疼得直叫唤。

在咬东西的“事业”上，达西卡确实表现出了惊人的恒心和毅力。它能把地毯的四角、桌布的四边全部咬得精光，对于这么个小身板来说，这些“战绩”可谓十分了不起。短短时日，它漂亮地攻陷了不少“目标”，让我们一同来欣赏这份辉煌的“战果清单”吧：

旧地毯一张，700 克朗

藤椅一套，360 克朗

沙发坐垫一件，536 克朗

（崭新）桌布一张，940 克朗

园艺水管一根，136 克朗

刷子一把，16 克朗

凉鞋一双，19 克朗

拖鞋一双，29 克朗

其他物品，263 克朗

总计：2999 克朗

（有兴趣的朋友不妨自己算算这笔“战利品”的价值吧！）

它也不过就是一只有着纯正血统的小型猎犬，竟然被贴上了高达 2999 克朗的价签，这可真让人想不到。那么，如果我们把目光投向大自然中的王者——北非狮王的子嗣，想必它的身价定会令人咋舌吧？

倘若你的家不知什么时候陷入了象征着安逸的寂静，别高兴得太早，因为这预示着家中那只淘气鬼正在暗中策划着什么。平日里，它总是像个停不下来的小捣蛋鬼，嬉笑打闹不肯稍微歇一会儿。但一旦它悄然无声，钻到某个阴暗的角落，你绝不能掉以轻心。它很可能是在酝酿着一场超乎你想象的大行动，待你放松警惕时，它却突然现身，昂首得意地展示着自己的杰作——被它无情蹂躏过的物件残骸（大概是一把刷子）。你当然是沮丧万分的，可那又有什么办法？只能继续提高警惕，以防这个小捣蛋搞出更大的“惊喜”。

接下来的第三项，无疑是最别出心裁的娱乐活动，那就是拔河比赛。拔河的规则看似简单，但要想圆满完成，可得仰仗妈妈爱丽丝的鼎力相助。因为这位淘气分子从未想过要使用常规的绳索，相反，它总是巧妙地挪用了家中的日常用品作为“拔河绳”：一会儿是头顶上的帽子，一会儿是脚上的袜子，连鞋带也逃不过。具体玩法也别有一番趣味，爱丽丝会拼命地拽着小家伙在院子里绕圈疾行，而它也毫不示弱，瞪大双眼紧咬着“绳索”不放，直至那被咬住的物件崩断为止。当然，如果爱丽丝不在身边，这位小机灵鬼也会自己寻开心。它会变着花样利用人类居所中的东西来锻炼牙口力量和肌肉耐力，同时也培养自己的毅力和运动细胞。不论是晾晒的衣裤、刚刚擦亮的相机镜头、生机盎然的鲜花草木、正在发出声音的电话听筒，还是摇曳的窗帘或电视天线，都可能成为它的操练对象。

最后就要说说摔跤了。当家中的宁静被打破时，那通常预示着一场激烈的角逐即将上演。精力充沛的达西卡会突然扑向妈妈爱丽丝，以一种挑衅的姿态紧紧咬住她的鼻梁和耳廓。这犹如一颗重磅炸弹落下，妈妈自然也不甘示弱，立刻甩开这个牙尖嘴利的小捣蛋鬼，用力扼住它的颈项。于是，一场搏斗就这样拉开序幕。大战一触即发，火药味顿时弥漫开来。草地就成了它们的角斗场，两个“毛球”在这里纠缠翻滚，四脚乱蹬，分不清谁是谁。有时是失败者尖锐的惊叫声穿破沉闷，有时是胜利者得意地摇尾呼啸。战况越发白热化，双方竭尽全力试图压制对手，四肢并用厮打成一团。就在你以为势均力敌之际，爱丽丝突然抽身而起，逃离了这个斗志满满的小怪物热烈的追逐，绕着院落狂奔数圈，直到重新回到对垒之地。而爱丽丝的示范只是为了引导，她不会真咬伤宝贝孩子，但达西卡可不这么想，它全力以赴对着妈妈发起撕咬攻势，姿态凶猛无比。可怜的爱丽丝啊，每一次“战斗”过后，她的毛发就会少一大缕。时日渐长，达西卡体格越发健壮，毛发也越发浓密坚硬，妈妈却渐渐失去了当年的光彩，满身疮伤，毛发凋零。子女给父母带来的辛劳，的确是远超想象啊！

有时，当妈妈爱丽丝疲惫不堪时，她会悄然离场，让那个健康活泼的小淘气鬼达西卡自己待一会儿。这时，这个淘气分子便将无处释放的精力投射到家中的物件上。它或许会和一把无辜的刷子展开殊死搏斗，或是将那条无用的抹布折腾得体无完肤。更有甚者，它勇猛地扑向人类的脚丫，咬住它们，不肯罢休。每当有贵客莅临，达西卡就会瞬间化身“袭击者”，迅猛无比地扑向客人的裤脚，咬住不放。客人们只能强颜欢笑，内心却在暗暗说着：“快走开吧，你这个无理取闹的小东西！”但为了不冒犯主人，他们却不得不假意赞美道：“啊，我最喜欢小狗了！”“你看这只黏在我裤子上的小家伙多可爱啊！”说一大堆类似这样的客套话。有些时候，达西卡会朝客人的鞋子发起猛攻，狂野地扯着鞋带，还不等那位绅士抱怨“真够让人头疼的”，鞋带就已经解开，或者干脆被它扯断。对于达西卡来说，这无疑是一场让它上瘾的游戏，可对于客人们而言，这分明就是一种折磨。他们的笑容在一次次的挑战后，早已化作了难掩的愠怒和不悦。

除去那些捣蛋行径，达西卡也乐于尝试一些更为文雅的运动项目，比如韵律操和自由体操。有时它会用后爪挠挠耳朵，或是抓抓下巴，似乎在应付体内某种隐秘的虫子的骚扰（这种柔韧性训练，对提高地面特技表现同样很有帮助）。更多时候，它会奔向那片鲜花盛开的花圃，专心致志地挖洞，循着本能捕捉幻想中的老鼠。我常常不得不抓住它的尾巴，将它从狭窄的洞穴中拽出。对达西卡来说，这无疑是一项欢乐的游戏，可对我而言，却只有烦恼。你能想象吗？如果花坛中竖起的不是一枝盛开的百合，而是一条毛茸茸的狗尾巴，那景象该有多么怪异可笑？

达西卡啊达西卡，我几乎已经无法再与你和平相处了，别无选择，我只能将你赶出家门。就连你聪慧通透的妈妈爱丽丝也用眼神告诉我，它实在养不起这个淘气鬼了。"亲爱的人类朋友，请你看看吧，这个孩子把我变成了什么样子？我的毛发几乎被拔光，身上也脏得一塌糊涂。现在正是我需要换羽重生的时刻。哎呀，我可怜的毛发啊，你们看看都被拽掉多少了。这五年来，我殷勤侍奉这个家庭，却只换来你们对那个小疯子的溺爱，从未关心过我的处境。我被冷落得太伤心了！说实话，我连一顿饱饭都吃不到，因为那孩子总是把我的那份也抢走，却对我的付出毫无感激之意。现在，是时候让这个小捣蛋出去好好锻炼锻炼了。"

就这样，有一天，几个陌生人上门，将达西卡带走了。临行前，我们对他们絮叨着有关这个小家伙的一切美好：它多么勤劳聪明，多么乖巧温顺（其实就在那天，它把暖气房的玻璃打碎，还拔掉了一株珍贵的芍药）。我们诚挚地赞美道："像达西卡这样的好狗，整个世界找不出第二只了！"最后是对它的叮嘱："再见了，亲爱的达西卡，要乖乖听话哦！"

就这样，久违的平静与安稳重归这个家园。感谢老天爷，我们终于不用再提心吊胆，不用再为那个小淘气鬼的破坏埋单了。它终于离开了，这真是再好不过了……可是，没过多久，这份宁静竟渐渐变得有些压抑起来。究竟怎么回事？大家开始有意无意地避开彼此，不敢与他人的眼神相对。我们翻遍每个角落，不但听不到一点儿熟悉的声音，而且再也找不到那令人头疼的“小水洼”了……

就在这时，一阵轻声啜泣传来，原来是满身伤痕的爱丽丝妈妈蜷缩在狗窝的角落，那双明亮的眼睛还有泪光闪烁。疲惫不堪的它，似乎在诉说着对女儿离开的无尽惆怅……